心痛的蝶刹

雨然
／
著

天津出版传媒集团
百花文艺出版社

图书在版编目（CIP）数据

止痛的碟刹片 / 雨然著 . -- 天津 : 百花文艺出版社 , 2024.3
ISBN 978-7-5306-8784-0

Ⅰ . ①止… Ⅱ . ①雨… Ⅲ . ①诗集－中国－当代
Ⅳ . ① I227

中国国家版本馆 CIP 数据核字 (2024) 第 047690 号

止痛的碟刹片
ZHITONG DE DIESHAPIAN
雨然 著

出 版 人：薛印胜
责任编辑：郑 爽
装帧设计：悟阅文化
出版发行：百花文艺出版社
地址：天津市和平区西康路 35 号 **邮编：**300051
电话传真：+86-22-23332651（发行部）
+86-22-23332656（总编室）
+86-22-23332478（邮购部）
网址：http://www.baihuawenyi.com
印刷：三河市华东印刷有限公司
开本：880 毫米 ×1230 毫米 1/32
字数：179 千字
印张：8.25
版次：2024 年 3 月第 1 版
印次：2024 年 3 月第 1 次印刷
定价：69.00 元

如有印装质量问题，请与三河市华东印刷有限公司联系调换
地址：河北省三河市燕郊冶金路口南马起乏村西
电话：13933936006
邮编：065201

目录

第一卷 没有诗的远方

为自己写一首最好的诗（代序）

我很早就开始写诗了。高二语文课的诗歌单元，海子的《面朝大海，春暖花开》、臧克家的《有的人》、徐志摩的《再别康桥》……现在还记忆犹新，感觉自己也能写这些“诗”一样的内容。我想到或看到什么就写，最初用纸和笔，后来用台式电脑，现在就在手机的备忘录里，三两句，或长篇大幅。

写诗成了记录生活的最好方式。曾经的我也近乎疯狂过，二三十个作业本正反面被密密麻麻写满，最后，在高考成绩下来后，付之一炬；也有过在网吧不分昼夜、熬到蜡炬成灰时。现在，几天不写心就开始痒，写诗成了我类似别人茶余饭后的打麻将、钓鱼或其他什么兴趣或消遣方式。十七八年来，我累积了近一百万字的长短句诗。诗歌没有给我带来什么，除了精神上的自我安慰。

我第一次在正式刊物上发表诗歌是在二〇一〇年，起步年龄不算早。那时候我还在工厂的车间里当磨削工人。一个夏日午后，还在午休的我模糊的意识中似乎听到有人在念“职院”“草坪”之类的文字，我的睡意就被印有《剑南文学》四个大字的杂志封面打散，一下子就有了精神，一把抢过来，果然，“雨然”这个名字也能被铅印。

少年壮志终于被这把火点燃。自那以后，我也算是拿到了进入圈子的“入场券”，结识了良草、白鹤林、王德宝、雨田、李资富、羌人六、海凡、石鉴明、张景川、苏世佐等诗人，也慢慢在诗歌圈子发光发热，创办“天下文然文学网”“西蜀文学网”，在全国六十四家论坛、文学网站组织诗赛，激昂文字；参与编辑《西蜀报》，和西华师大的校刊《流觞》合作，出《新茗》，参加各种笔会，不亦乐乎……彼时，压抑多年的情绪突然得到释放，春风得意……

上大学那会儿，我也提出成立文学社，办过报纸，如果能够在《芙蓉溪》期刊上发表一篇文章，都会觉得自己很不得了，当然，当时的《芙蓉溪》没有眷顾过我。当年，路过文联门口，我对朋友说：“以后我可能在这里面进进出出。”夸下的海口，犹在耳边。

然而，“生活是一出悲剧。在这悲剧中，我们先是冷眼旁观片刻，然后就扮演起自己的角色”，经过生活的锤炼，自己也慢慢变得稳重起来。

二〇一五年，我在参加《星星·散文诗》首届散文诗创作改稿会时，别人滔滔不绝讨论创作心得，我只是说了一句“我只想写一首献给自己最好的诗”，一语成谶，后来的经历无一不在验证这句话的有效性。

慢慢地，我不再参加征文投稿，也不再觥筹交错里寻找存在感，加上自己本来不善言辞、不够主动的性格，也就慢慢地安静下来了。以前希望每个人都记住我，现在，希望每个人都把我忘记。这大概是热闹过后的看淡。

“人似秋鸿来有信，事如春梦了无痕。”近一两年，女儿的出生，父母垂垂老矣，再多的壮志豪情也慢慢地被现实和责任瓦解。有时，也想给自己总结一下，出一本集子，或整理一下自己写过的内容，但总被慵懒和各种借口牵绊，一拖再拖。

我很清楚，诗歌就是一个人的梦话，在某一个时刻，我觉得它们是我最好的心声，有时候又发现文理不通。我时刻在反问，自己算不算一个诗人？至于为什么要用《止痛的碟刹片》这个书名，它有没有对自己止痛，其实我是不明白的。我是理科生，现在也在从事机械相关工作，算是和工作相关的思考，算是对生活的一种发泄。我也是一个体弱多病的人，鼻炎、牙痛、胃疼、荨麻疹……各种病在自己身体上割据，谁也不愿意落后，谁也不能领先，但又像二十四节气一样，轮番进攻。

这些诗歌是行走的。以前闭门造“车”，有了驾照后，很多地方可以开车去，但我去过的地方不多，即便那几年在全国各地征文比赛四处开花，都是臆想的。碟刹片是刹车系统主要的零件，它能不能给自己止疼，能不能让自己沉下来，或在险象环生的现实里及时刹车，只能拭目以待。然而，碟刹片又像我们的肉体一样，不断在磨损，直到报废……

也许，这才是一个真实的雨然而已。

雨　然

2023 年 8 月 5 日

第二卷　失眠的真理

第三卷　逃生的情绪

第四卷 在你的身体上流浪

第六卷 故乡的月圆不是随机的

第一卷　没有诗的远方

半离合状态

压下去，债务、工作表或咳嗽
用尽浑身解数周旋
秋天对乡村来说
只是遥远的记忆。大部分人都不是牛顿
每一天都被系在一只隐形的杠杆上
抬起来或冲刺，摇身一变
或熄火、破产，泡沫经济
我们和那个极端的自己，谈恋爱
也和他是不共戴天的仇人

翼支付的广告铺天盖地
网约车司机打了一个盹儿
背着淘宝上买来的手提包的女人穿过红绿灯
这种启动状态需要把持力度
穿上平底鞋，对新手来说
坎坷不平，危机四伏
把原木立在城头上，不是诗歌
捡起路边的叶子
扎入得意忘形的酒吧
处于丘陵的人们
总想给自己安上一双翅膀
但他们根本飞不起来

米其林轮胎和 1.6 的排量
吃紧的事情越来越多
手心却握不住美德。电波传来意外的号码
午夜到处闪烁着超车信号
我纠结于起步的时间
在既不老成，也不算年轻的而立之年
毫无把握地推着变速杆
逆向行驶。这些奇怪的物种
可以用大把的时间
打牌、看电影、泡吧，甚至……
忍不住争夺这两三秒
独木桥上的自己，也恨不得追赶
血流不畅、心肌梗死的城市

2015.10.15

止痛的碟刹片

嘎吱脆裂，从力学性能说起
万物没有区别
坚硬的核桃壳，有机物
需要保护，眼角膜也是
牵制的力量牵制住，星期天下午
天气预报，和发生的一切事件
油液用不可预估的能力
证实你安静下来，远比躁动平稳

缩减的可能性会老化、脱皮、萎缩
无级变速，拉断
一代人进化、脱落的尾巴
它的咬合能力远比突发事件
可靠。眼睛和嘴巴
搭档。远方没有坦途
也没有止痛的功效
惯性，和未知的……

2015.3.6

后　视

过盈的毛孔陈述
配合是时间问题
但不绝对。胡须困扰言语
粗犷、凌乱。你拿出性格
思想就会破裂
毛尖第四次受到水温冲击
失去味道

我很想谈论，点对点
但只有自己离自己最近
马赛克是岁月的锈迹
不是卷边的毛刺
找到假设和预言的可能

无机物不可能复活
存在即可，分子和原子
排列、组合
不需要证据
我们就安然地度过了
昨天，今天，还有
明天

2015.4.9

被周期干扰的元素

排列是一件无奈的事情
次序、上下、前后、左右
不可僭越，被单元格锁定
青蛙跳不出来，坐井
观天的人都很少。请不要跟我谈论
理想和抱负。感恩是涂蜜的刀子
抽出来血淋淋的

习惯红绿灯和斑马线
规则，顺理成章
腰围和年龄成正比例
相对嘴巴，又成反比例
有机物不能统治一切

匆忙的肉体，被无限制
下拉、填充。所有可能发生的
都会发生，墨菲设定了格式
戛然而止的是风声，以及无孔不入的干扰短信
毛孔在扩大，酒精和尼古丁
无法被稀释，开始逃逸
非要设定周期，分行便是一种错误

2015.4.15

起步的时光

风声、雨声，贴在耳边地
扑腾过去，倒回来
取一个和时光平行的角度
标线的指引不够
左转灯向左，向右打死
像一只盘旋的鹰
趋于感觉，潜移默化的力量
牵引新鲜和冒险的事件
有悬崖的胆战心惊
和勒马的盲目自信

松开离合，行动延伸
橡胶和土地摩擦
通过油门的高低轻重
血液循环的速度传递到手心
在交叉的方向盘上
拉近曲线、单边桥
炎热和酷寒不在话下
该经历的正在经历

我们尝试各种技能
在生活的坡道和十字路口
加挡、减挡，疲于奔波

又偶尔感触于旅途
电线杆、稻田，可视区和盲区
翻山越岭，尝试在白昼和夜晚
通过人生的考验
直到拉紧手刹、摘挡、熄火
才彻底松了一口气
仿佛童年时第一次站起来

2015.10.3

十号馆的旧时光

时间、空间，生活方式
这个坐标系，从转角、楼梯
和琴台，延伸，无限拉长
连接这个城市的夜晚
铁梗海棠浅红色的花苞
月光下晾晒的事物
被水蒸气蒸煮后，变得通透
排除芥蒂、对号入座
只有打开自己
才能打开世界

把话题放进复古的钟摆
加温、烘焙，少剂量的黑色素
和恰到好处的交流方式
某个时代的浪漫主义
玛丽莲·梦露、埃菲尔铁塔
岁月的留声机，黑胶片摩擦
沙沙作响，窗外
落叶的乔木，和目光对接

灯光柔和地打下来
喜怒哀乐，稀释、降解
贴上标签和名词

串联在小提琴的低音弦上
昨天是真实存在的
尘埃，从燕尾服上抖落
我们找到了活着的证据

2016.2.28

远　方

我拒绝说出年龄和枯萎的日期
背对风和言语，把舌头藏起来
为了显得忧伤和深沉
晚风搜尽一个男人的沉默
他想逃避黑压压的乌云
以及始料未及，一些没有支撑点的
想法，只是即兴的
每个人的演出方式都不一样
他们离场的时候却是一样的

到了河流面前就会止步
临近高山，会设身处地
翻看行囊和日记
我无法征服漫长的夜晚
和符号过多的探讨方式
所有偶然事件只是偶然发生的
和自己没有太多的关联性

比如一棵开花的树
绕过石头的野蔷薇
它们穿过你的身体
不是为了找到自己
它们串联的事物越多

篝火就越模糊，直到
少了青春和冲动

我只是咬破笔头
颜色便在春天和田野
四处流溢，包括食指上
尼古丁的淡黄色
和脚背上少许的故乡的泥
我把它们带到另一个地方
不是为了复制自己

2016.3.22

一把水果刀，远离水果

最后都是要回到工作表
填充和复制都可以
不排除困惑，解释
手势不需要注意事项
相比仪表堂堂
你更喜欢
纱窗后面路过的女人
比指甲还厚的指甲油

语言轻佻，刺破夜色的针尖
没有针对性，但针对性很强
红掌硕大的叶片
是开放的。柜式空调
我实在不想安静下来
如果有太多开花的理由

我必须学会
比任何人都安静、沉默
事实可以对半来看
但不作为整体
连衣裙可以遮挡
一部分，甚至更多
我没有理由由长发入手

片面性地强调
整个房间的装饰

我们比想象中
早熟，红瓤白籽
过多地强调，属性、存活率
难逃错误估算
以及未知的天气

2016.5.5

马俊子和他的干草堆

他在数百具或四十六年
才成形的肉体上，隐藏起来
云是云，不被稀释、溶解
或以另一种方式，解释
一个叫马俊子的男人，用镜片的弧度
拉伸亚麻布上不断扩张的
指纹。那双手摸到任何一个部位
都略带风声。乳峰坚挺
这些表象和理论是含糊的
除了两棵分明的树，有些影子
是永远无法被复制的
否则，他不会以一个男人的身份
暴露对远方的迷恋。所以
区分的重要性，是层次、色彩
和削尖的画笔。他要在纠缠在一起的肉体里
区分自己，抱头痛哭
在一条没有浮力和重力的暗河里
垂死挣扎。在预设或不以任何规律的模式里
为眼角膜插上吸管，抽取
被无端编制在一起的命运
他只是在不断地寻找
一具和自己一模一样的肉体

2016.5.22

一条野生鱼的非正常死亡

饲养，以三个月为限不会太长
习惯是一把屠刀，当你
习惯于安定之后便意味着
死亡的开始，便是这短暂的变异
夏天拉长战线，驱赶植物、思想和飞鸟
有了洁净的水质、风雨不侵的玻璃缸
间或投入优质饵料
当生存不再是难题的时候
一个人的生命力便受到了严峻的考验

我刚推门出去，就收到了门卫的提醒
什么时候开始忘记诗歌和信件
什么时候发现这枚倒刺挂在喉头上
无法排挤叮咬，偷偷摸摸地长大
肠胃限制了人类只是人类
它们不再长大，从来没有想过长大是什么样子

连被烹饪的资格都欠缺，或忘记鱼的本性
这些风蚀的痕迹让远山只是远山
变脆、变硬，塑料害怕被尘土分解
被分解却是它改变不了的命运。一条野生鱼
离开混浊的河水以后，它就不再是一条鱼
一个人离开故乡，便不再是孩子

2016.7.12

荒诞剧

戴上卷边的帽子
在一条长凳上坐下来
他们和秋天照面
在依然闷热的天气里
系上领结，为了不至于
让流水从身体里滑过
偏西的阳光
我们目之所及极少的一部分
这些被削弱的成分
在身体里乱窜
是药三分毒。我们清楚
却不得不服下，夜色
根治不了的失眠
窗外紫色的小花
没有规律地颤抖
五年前，它们进入我的生活
在每个星期天扮演成主角
从秋分开始，剥掉外壳
茉莉花摸到房间
某个阴冷的角落
我不敢面对
秋天，和食素的蜘蛛

2016.8.21

车过北川

这时候被卷起来，或沉下去
都无可厚非，谁的脸皮不是挂在
争议的风口。一过插旗山
加到八十码，我的生长速度
已让我感到部分或主观的压力
它们逼退一片叶子

不排除干扰和预警，负面情绪
打直腰杆和胡须
再低一些，乳沟置身事外
我力所能及的，只是跨过一块石头
纠正你对诗歌的猜想

却不分场合、次序
贴着花瓣的赤橙黄绿
用手指托起它们
我摸到的越多越好
我不会把它们当成拼状图或直方图

我会把它们当成孤独
立下一张寄存的字据
同时出售自己
或，没有核的青果

2016.8.23

空挡滑行

我时常把命运当作刹车
就像命运时常把自己当作油门
走过栅栏，细碎的刺玫瑰
窗外唯一的元素，是银杏叶子

不同方向、不分时间的暗器
削尖脑袋也无法产生风暴
关于头脑和心理学，胡乱攀爬的藤蔓

重复的广告，继续重复
压低一度，我感到双腿无力
我时常想空挡滑行
却害怕意外，PM2.5

我时常把命运错误理解
却错误地成为一个诗人

2016.12.11

被风校准的美人蕉

拉直月光，倾斜角度只可以让他看见
绝非石头的排列方式。这些先天缺陷
靠命运无法弥补的日子，细碎而零乱
被身后的枯萎追赶，无路可退才是路
转折的出口无法被校直
限行标志，被迷雾遮住
一旦被放大，就变成笑柄
舌苔上火，像这片失重的叶子
写诗是一件费力不讨好的事情
一放下笔来，内心就被掏空
像无法捕捉的夜晚，小窗关不住
不断被改写的城市
我们不可能成为它的一部分

守着窗外被挟持的感觉
滑腻、冰冷，灯光下的履历
这些被裁剪得体无完肤的叶子
顺着枯萎的方向，迷失自己
风闪断舌头，我们什么话都不敢说
除了连根拔除，香樟树
清晨不会有太多的异样
关上抽屉，风噪依然会打开它的睡眠
释放毫无关联的藤蔓

它不会等待，一层层剥掉
表情、外衣和身份
煤油灯下闪烁的童年
一明一暗，大脑皮层上
真实的经历，和过往的风声

2016.12.27

月　光

这只乌龟不断地向前爬
体系以内，三角形具有稳定性
向四面八方伸出手来
被攫住的，你那双不自信的眼睛
回收城市的灯光
就再也看不到，打蜡的日子
冰冷、坚硬，挂在风口浪尖
因为失重，钱塘突如其来的涨潮
和飞入漩涡的叶子，一起紊乱

内分泌，感染到体外
胡子有了倾斜的角度
条条款款多如牛毛
却不能防错，让一个人意外地走入
二环路。踩下油门
不能规避的风险没有风险
气压陡降，雾气塞满，分明是一种焦虑

我们可能视而不见
香樟树流下黑色的眼泪
撇开话题，一个人走得多远
都免不了看回头的路

2016.12.27

瞄不准的阳光

不在这里，角度、焦距
拉长和缩短，一树花还是一树花
线条可以描出来，尚未抵达日落前
我骄傲于它分叉的随意
不敢止步，真相通过时间暴露
我爱莫能助于走失的云
沟渠，不同于我的家乡
一览无余的，会被连根拔起

只能留在这里，热量、强度
无法调剂一片叶子
却把高低分布的颜色
分割成无法搜集的证据
我试图用最短的时间、最少的经历
走过每一条田埂，在沉睡的墙里
刓去一片无路可走的油菜花

春风还是和你擦肩而过
在感到发烫的后背，贴上一粒尘埃
在明显下坠的年龄，托起自己
年久失修、凹陷的路面
斩断连接到家乡的情绪
我越来越看不透，黑色的丝袜

一个诗人的脆弱
我不知道该如何书写
水晶和眼泪，一起被击碎
突然意识到，星期天和没有收拾的房间
是关联的。无数次紧急刹车
还是无法给这些颜色止痛

2018.3.12

星期天的正确打开方式

没有找到合适的理由，继续睡懒觉
婴儿车的提醒、鸟鸣声、电钻声……
挂在透明的玻璃上。折断的阳光
扫描着三十二年才结晶而成的肉体
承受万有引力，在二十一世纪的某一秒
停下来，越过不锈钢护栏
藤蔓通过藤蔓，高于头顶
下坠的黑鹰揉碎在杯子里
镀上时间的色彩，不是沉默
平口玻璃杯、烟灰缸，装青梅酒的可乐瓶
和谁的相遇都是被提前安排的
铁和混凝土擦剐，撕开牛皮袋
秘密一旦说破就不再是秘密

着火的梯田，被粘贴在朋友圈
土豆遍身流淌的像素
只有一条合模线折叠着万物
有少许的毛刺和灰边
与楔形的嘴唇有效装配
我是一个孤独的发声体
用小口径的喷嘴说话
枇杷和肺泡发生了九次反应
才清晰地看到一枚尘埃

两平方米的窗户是世界的按钮
她的连衣裙旋转起来，像一个逗号
我必须关注，钥匙和食物

2018.5.13

符　号

和预期的好天气打个照面
如果需要灰色的羊毛围巾
我会箭步走到窗台上
把昨天和今天的樱花树
作一个比对，剔除一首诗的毛刺
我会庆幸，提前收走雨夜的衣服
不让发霉的事物靠近窗台

中午，发第一张自拍到朋友圈
批阅他眼中的山水
为一则和自己无关的段子点赞
我们多年不曾相见，却还能分辨
他略带磁性的嗓音又老了一岁
或者，潜入白色的水底
变成不被辨识的二维码

直到夜幕降临，天南地北的他们
还在讨论诗歌，看谁会迟到一场约会
组队钻石局，谁都无法预测结局
随时都可能拥堵的路段
突然就推掉了，我依然坚挺的水晶
这些符号，若干次突袭
窗台、睫毛，和干枯的盆栽植物

2018.3.6

多　余

刺玫瑰枯萎于习惯
夜来香制约于修剪方式
何首乌摸到光滑的不锈钢
绕制错觉。下午时光被连坐
脚步声没轻没重
二次冲泡的茶水无味
沙发上，眼睛针对贪睡的布袋熊
花盆长出意外的草莓
昨夜落下的高脚杯
揉皱的衣衫散发着酒精味
不被朋友圈关注的
真实事件，和
玻璃上跌倒的风

在大小不同的屏幕里
过早地醒来
现在又要等待睡去
可怕的刀刃在卷边
开裂的砧板是无辜的
它们是一个整体
后来是个体的孤独

2018.5.26

午夜的石桥铺

高跟鞋、空巷子，摩擦生火
照明方式暗一点，和一株藿香更近
听到水槽开裂的声音
被驱赶的——电瓶车、蓝色工作服和女人
不要回头，彩条胶纸里有真相
不要转身，擦肩而过的时间一碰就碎
光膀子的汉子早已收摊
无籽西瓜、胡萝卜和砧板上的鱼
两块钱一个的谎言会升值
她支付了下班时光，醉得一塌糊涂

西门，啤酒的瓶口突然打开
吐出汽车、共享单车和人
现在安静得只剩下一对怄气的情侣
再过去，打烊的理发店飘出一首老歌
手写的招牌——洗车场
东门开幕的烧烤摊，生蚝、虾饺
揣满鱼肉和谎言的大肚腩
右转，没有指示灯也成为一种惯性
租光碟的门面换成大牌服装折扣店

我从前是影子，现在是过客
风雨中，挣脱自行车的链条

现在躲在比租的房还小的驾驶舱打喷嚏
我追着她出门，一个人回来的时候
手上夹着半截香烟
不要轻易敲门，除非记忆的入口打开
不要试图和陌生人说话
不要在长满马齿苋的土壤里幻想
午夜十二点的霓虹灯会突然断电
五楼坠下来的风摔出了疼痛的声音
每一天我们都会挤进俗世，最后紧急撤退

2018.5.27

撕不掉的标签

它会放大也会缩小，会恰如其分地让你骄傲
也同时会把你踩到深渊，抽搐的神经持续抽搐
一生不过就是一生而已，从来没有变成一朵修辞的桃花
即便枯萎的事实被闪电点燃，所有的可能涌入一条河流
从后脑勺开始，一个人的样子已经成型
清晨和黄昏只是换了一种颜色，却以不连贯的方式
把你的来和去打上马赛克，喉结里游走的风声在发炎
杯子里滚烫的春天在不断还原，河堤开始拉直
浮起来是一种膨胀的感觉，但沉默才是死亡的开始
它最后会粘得越来越紧，永远撕不掉
也会不经意脱落换上新的伤疤
一个标签就是一张面具，一张面具就是一个表情
虚伪的、真诚的，就像这阴晴不定的四月天
你对一棵香樟树无话可说，却又盼望它能遮风挡雨
你对低下头来的富贵竹感同身受
无法走出房间，不相信真相、谎言
也从来不相信诗人们真的在聊天喝酒
它在做旧的时候不断翻新，又在刷新的时候
变成一条冗长的老街，重复累赘
雨水不会收藏你的面部表情，夕阳醉酒的时候
从芦苇上扑下来，回归不是一只候鸟的本意

2019.4.11

失 声

通过挤压，变形并不是最后的形态
你更像记住了这种发热的感觉，而不是忘记
秋分是一道门槛，没有预设
穿过时间、绕行方式和撤退姿势
它们的排列组合是戏剧性的
它们随机、片面，在间断的红绿灯里连续奔跑
说不出原因，这些无缘无故消失的人

像扇面一样被折叠，并不显山露水
叶子的虔诚和枝头的闲暇成正比例
你多想等待一个机会却故意错失了它
你多想换取一点宽恕却并没有得到原谅
刮花眼角膜的风声会灼伤脸颊
有了仰望的动作，你何必羡慕飞走的云雁

但字迹是真实的，浅墨色渐次扩散
同时捆绑这些无辜的灵魂
在午夜，它们最容易醒来
又最容易魂不附体。从童年开始
你便能区分断肠草和野蒺藜
你在干旱的黄昏不用眨眼睛
你学会折纸飞机、溜铁环、跳皮筋……

像素越来越模糊，消失的黑白色底片上
孤独在所难免，摩擦生热
把影子拉得越来越细
直到吞并无孔不入的光
还是没有说出来，大多数人最后都会失声
一旦放下，就意味着再也拾不起来

2019.11.13

降温的窗帘

律动只是可能性的战栗
格式、数据和镂空的材质
纠缠的线条随时会从身体里抽走
架空不是虚惊
应力指向车祸现场
血在路灯下变得清晰、凌乱
弯道和褶皱，孤独的尺寸
发生共振。缩小的条码
放大信息量。扫描
这个过程识别了尾巴
举起来就很难放得下去
比如说月光、咖啡
风的抚摸是匀速的
隐藏越来越小的音阶
你试图和他们辩解
你从未想过输赢问题
你所害怕的
是逃不出规律
鸽子蛋大的金橘
椭圆形的梨子……
你界定不了夜晚和白天

2020.1.4

下班途中

窒息感源于限行
有两条孤独的尾巴
真空玻璃的摩擦系数
显而易见的容忍可以忽略
穿过人群、迷雾
渐入黄昏的石桥铺
我每一天都能梦见自己的尾巴
最后都归于沉默
三十三年了，我说的话不多
以后还是。羞于启齿的身份
最好不要揭露。虚伪的命题
和头衔是双重叠影
不规律已经是最大的规律
这并不影响装在羽绒服
大摇大摆通过红灯的人们
我在驱赶他们的同时
也被他们驱赶到滨河北路
这些没有叶子的树
露出夜色一样的骨头
一个物理问题引发戏剧冲突
随着人群的走失，消散

2020.1.4 整理

发炎的警报声

从收缩到决裂，耳朵塞满了恐慌
弹性模量使用着楼层之间的距离
为了马路上凸凹不平的影子
下陷的城市被弯曲的河堤收复
两只手搭起来，桥梁通过霓虹灯
还原着石头的本性。没有一丝颜色
可以遵循，临近攸关的不是生死
但一定快要忘记一个人

这时候的安昌河，静止的马匹
抵达天堂。我没有找到合适的词语
风声就偷渡了沙棘树、知更鸟
点到为止得越多，伤口越难以缝合
从他们的目光落下来，夜晚
收割人类的情绪，在加速度重置以前
用力抛出去。旋转的星空砸碎鼻梁

应力不分角度，没有方向
一旦咬住尾巴，肉体的疼痛
便波及皲裂的土地上
从滨河北路到“体运村”，一路拥堵
像额头上的高烧一样难以降温
直到炎症不断扩散。雾霾更深

架空的屋顶越来越重
现象浮起来。骨骼在尖叫
粘在笔直的电线杆上。揭开的真相
一定是难看的。当尘埃绕道
这些花瓣便分裂成只言片语
不合时宜地，改善冬天的视网膜

2020.1.19

三月的玉兰花

独占鳌头便是一种孤独
四面八方，蠢蠢欲动的气息
从惊蛰开始，便含有忧伤的成分
挟持眼泪，阳光的锻打方式
总是能挤掉死角，给锋芒毕露
制造意外，经历镂空
某个撤销事件，不会演变成
事故。大多数人
还是使用着彼此污染的空气
怀疑也是一种疾病

惊艳和说辞，互相指认
不给对立的人留机会
厚薄不一的花序，没有
次生灾害、蜂拥而来
显然在预设的场景里
没有一种角色可以复制
只有一句话，像按钮一样
打开了一组数据

却无法关闭阴霾
天空是最不堪重负的
包袱。春光漫延开来

人类总要为生存
付出代价，山火、蝗虫
多米诺是一条可怕的鞭子
没有人置身事外
也没有人幸免于难

2020.3.10

双碑桥

人类和夏天哪一个先到
都是你的心病。能够流动的水
越来越少，桥梁越来越高
夜晚对你来说是可怕的
像恐高的发生，没有被乌云降解
灯光还在转动，干燥和闷热
丘陵的执念。越往前走
孤独越像尚未安装的地砖
没有一个合适的位置
可以配合月光的楔入
折中的弧度，刚好把你扔进旋涡
一次异想天开让人胆寒
发光的文字像标签一样
没有一处干净的泥土
倒伏在建筑垃圾上的香樟树
把最脆弱的部分套上枷锁
抵触美容医院无辜的玻璃
谈不上重建，平坦的腹部
有一起事故在沥青下挣扎
尽管又是一个可以遛狗的夜晚
你在庆幸，这粒灰尘
还不至于赶走他们的啤酒杯

2020.5.18

夏天午后

发动机的声音被空气挤压
扁平式窜入，风暴在继续
头脑有一个事件在成形
又无疾而终，不经意从人群中
走散。一个人的孤独并不算孤独
触须被拔掉，童年就会消失
一只甲虫路过，门闩掉了下来
等待的阴影大面积溃烂
凌晨四点零七分，这条裂纹
从玉米地蔓延到脚下
没有规则、方向。窗帘
被风撩得如痴如醉
才接受引力。这些藤蔓
用藤蔓的方式，越过栅栏
不锈钢便不在话下
摇头的树枝，让人眩晕
还不时地掉下招呼声
忽远忽近，长大后是一片叶子
没有人能够原路回去
除非他的故乡还是故乡

2020.6.13

星期天的午后

一觉醒来，就被味蕾绊倒
阳光的直入是湿润的
止步于苔藓，真空玻璃
敲打声毫无节奏，和蝉鸣声
撞得头皮发麻。隔着天花板
和吊灯，被编排的人类
像橱柜上陈列的酒瓶
阴影无视阴影
落到风中的植物
他没有故事
除了被取代的窗台

2020.7.26

秋天的夜晚

笃定一种态度，骨骼清奇
沉默有它的座右铭，现在是倒立的
或躺下来，因为孤独发生形变
或直接破碎。共享单车是见证者
和广告牌下抽烟的饭馆老板
至少有一秒钟，他们的命运是相似的
在它最后落下的时刻
金毛狗把粉红色的羽绒服
拉成八十七度，月光作为基准
突兀的植物是伪命题
在秋风撤退的方向
荒废的喷泉肇事逃逸
“上河鹂岛”“美立方”……
双碑桥打不直的腿
更像他们的年代
如果这个标志越来越大
他是可以撤退的。他是异乡人

2020.10.29

超速行驶

空气，倒退的植物
橙色吊臂支起的天空
“地道的重庆味”
清晨铺开，侧面绕行
大雪节气过后
镀上阳光的金属围栏

这种伪装色，囚禁
村庄、果园，木龙河
比真相多出的碎石
诗人改换的身份
转角处的暴雨，以及
遥远而潮湿的梦

银杏树、翅膀
被感染的沥青路
无规律的噪音
多边形的玻璃碎片
和事故粘在一起
尚未记住的广告词

2020.12.8

二月的高光时刻

顺着磨砂玻璃皲裂的方向
带电的山尖魔性而孤独地游走
摸到河底纷繁的心事，挤出一块空地
打上粉底。久未治愈是他们的疼痛
这些大小不一的油菜花，溅在亚麻布上
双手的延伸显而易见，却止步于工蜂
举起的翅膀很容易被雨水击落
叶子的不完整拼凑成完整的丘陵

在包围的路径里滤掉隆起的部分
试探性地给睫毛打上一丝嫩芽
如果风没有方向，弧度早已伸进水底
重力向下偶尔穿过你的身体
像笑容一样温暖，同时也在照亮自己
我兴奋于血液还在继续流淌
在无人走过的河堤，有消失的脚印

笔直的影子被阳光打捞
瞬间的流动性在指挥笔尖
一次拍打，第二次便有了姓氏和命名
倾斜的角度让城市的窥探是平静的
没有车水马龙，只有转动的柳絮

不需要使出浑身解数，这场聚会在升温
在她轻盈走出的高光时刻
裙摆上还有山水画的痕迹
不需要起舞，等待便有结果

2021.3.8

飞入梦里的三只蝴蝶

忘记桥的颜色，流水从翅膀间绕道
和山茱萸同时低下头来。木头扦插在年轮上
把转速调到最低，内心的呐喊便可以依附
这些破碎的石头和匆忙的肉体成为邻居

在竹林深处和海拔之上，它们无数次恋爱
都没有逃过滚滚洪流。负重的尘埃
从不同方向入侵，致密性、层次感

孤独从来都不是如影随形的
但它一定洞察了先机，否则
它的桀骜怎么会是垂直的呢？
相对茶坪河，这条尾巴应验曼德拉效应
以至于一只蝌蚪的游离
都不合时宜地带走猜忌
路越来越远，河谷越来越深
只身通过的灵魂是深邃的
天空洒下的微光，自言自语

后来失真的小木屋
旋转的星空不在那里
厚皮树。夏天尚早
嘴边的色彩是真的

每一处坍塌的藤蔓纠缠不清
他无所顾忌，却也一脚踏空
丢失的锹头和脚印，无迹可寻

2021.5.4

第二卷　失眠的真理

一个词语的手术

拆成横撇竖捺，重新组合
所有人都不认识才是一种学问
那么，我们的历史可以重写
昭君应该从匈奴，远嫁汉朝
前世在今生之后
也许我更想念，前世的今生

手术如果成功，影子
就可以变成我们的身体
灵魂才是附属品，身体还放在秦朝
活成一头鹿。我们原本是一匹马
连我们自己都不知道

如果中途有意外，另一个仓颉就会诞生
将星星变成月亮
将月亮变成太阳，横着放的也不竖着放
就像今夜，分明应该很热
但我们都感觉到冷

2013.4.8

玩　具

深黄色的铲子下有一只蚂蚁
孩子没有任何错误
但你是被人嘲笑的本体和根源
虽然你不具备一只挖掘机的能力
哪怕和挖掘机没有半点关系
你不会为一件对的事情刨根问底
孩子们永远是对的

即便被蹂躏、拆解和遗忘
你的忠诚在与不在，都不能改变
别人的看法永远是别人的
你的职责和命运是注定的
没有平行关系
一旦产生就必须遵守和顺应
就像一纸合约关上了故乡的门

比任何事物更接近
同时和任何事物疏远
三月，金黄的油菜花
粉红色的桃花，一个偌大的拼盘
突然被打碎，春寒料峭
新鲜感让事物变得美好
一旦折旧，就会褪色

2014.12.1

礼　物

它们本身是多余的
颜色、风格、边幅
睫毛足够长
我们喜欢外观
多于事物本身

它们会变成一块敲门砖
一把钥匙、一张关系网
和一纸证据
它们本身没有属性
不是珠，也不是椟
它们本身没有价值
价值是可以赋予和取消的

我们接受或拒绝
有时候看情面
有时候什么都不看

2014.12.1

话 题

没有发生前，有风险规避、解决措施、效果跟踪
包括雨水、石凳上的秋天
无人的万达广场在经开区
有人的万达广场在涪城区
大半夜的穿梭，为了明天
这个过程会发生意外
城市摘挡，寂寞滑行
戳破霓虹的第一层色彩
和世俗的脸面
放下杯子，远比端起来容易

它发生后，有遏制、改善和持续跟踪
石子沉入童年的下午
不敢开花，大声吼闹
低头，看到脚背和现实
一条想入非非的巷子，后视镜的盲区
想象不到的事故陷入夜色
见证是一件可怕的事情
但我们还是见证了，自己正在衰老

2015.1.7

变卖的秋风

草籽出卖土地。从斑马线开始
半离合状态就可以了
割草机的声音有穿透力
调频收音机。十一颗卫星信号
闪烁的红绿灯。吃冰激凌的小女孩
你通过落日，是五点三十分

阳光笔直打下来，影子收缩
瞳孔放大的事物
我们尽量想象彼此都过得很好
除此以外，还要一份牛奶
如果有现成的油条
护栏上的叶子不会被惊扰

昨夜风起，一切尚好
但经过预报，失眠多梦
这些困扰人类的藤蔓
像脱落的乳牙
隐隐作痛，卤素灯下藏匿的这个城市

2015.11.11

鼻梁是躺着的坟墓

被捆绑的，月光和俗世
有向心的力。我用左耳
倾听，用眼睛哭泣
远方，一个谁都去不了
但每个人都想去的地方
除了年龄和心思
转身，惨不忍睹
多余的时光
浸泡下午的舌苔
昨天的板凳
放在窗台的右下角
坐下来，我能够证明
我目之所及的都是鲜活的
但我无法证明，醒来
就不会做梦
你牵着马匹路过我的身体
你喜欢挑逗，多于一见如故
从没有空间的空间
发轫。锋利的割草机
过早地退出来
你害怕，鼻梁
一座永远躺着的坟墓

2015.12.26

有些事

蓝色有机玻璃。冷调系。不太热
无法想象和自己无关的炊烟
隔着光线，睫毛膏分叉
你相信眼角膜里盛放的初春
疏远一条河流，和倒置的屋顶
快门咔嚓一声，撕裂
丘陵的心部硬度刚好安放
被童年和绳索捆绑的鹰

从杯底慢慢沉下来
有些事一旦放下就再也无法拾起来
你谈到这些枯黄的叶子
你放下手中的烟花
面对车水马龙，还可以坐下来
用阴影和这座城市对话

你大可不必等到我认识你
我已经走了大部分的路
明天经不起风雨
就会卷边、陈旧、跌落
迟早会变成拆迁的记号
跃进路不是终点
二桥封闭已成为事实

2016.2.24

偶然事件

你一觉醒来是清晨，过了黄昏便要睡去
你不知道明天的场景是否以固定的模式呈现
春寒料峭，拆去表情、外观和肤色
把钝角放在合适的位置
我不是一个尖锐的人
我喜欢退下来，藏着掖着
把多余的营养汁铺在根部
期待和庆幸，可能同时发生
从人群撤出来，像一个掉队的士兵
没有身份和地位，我把春天的门闩提紧
为了不泄露身体的秘密
这些变得老道和内敛的器官
经过酒精和尼古丁，脆弱不堪
淬了一层世俗，懒惰和固执
来回地翻看同一条信息
多加一件衣服就热，少穿一件就冷
我绝不指望为时代打上浅黄色的粉底
只想，看一个平凡人坐在石凳上
把自己画成各种形状
再挑选一件最满意的风衣

2016.3.12

橙色，或预警

挤瘪了叶绿素的水土不服
笔尖一有感觉就止步不前
需要调剂的并不多，勺子掉落
你从别人的城市过渡，却忘记了在转折点
打死方向盘，松开离合器
你总是小心翼翼、恰如其分

眼药水里的世界是冰凉的
绝大多数时间被七寸的屏幕征用
忘记拇指原本的功能
晚归的小路
潜回远方的乡村

模棱两可的伤口
没有及时缝合。夕阳的疼痛
我很想打开一扇门
后视镜却被现实填充
一棵弯下脊梁的核桃树

这片叶子，和命运一样
软弱无力，又被预报左右
他不是布道者
他是被烟火隐掉的一笔

2016.8.24

汉语的赫菲斯托斯

局部的认知不足，半身为羊
已让我很痛苦。草原和水底
对一朵紫色郁金香来说都太遥远
和夜晚一起降落，电磁波沙沙的声音
你背着尘埃到处旅行
滑了一跤，才接近一颗种子的花期
错失手臂上的鳞片
你对熟悉和陌生的机器都游刃有余
保持怀疑，天竺葵和马齿苋
你的瞳孔有害羞的属性
鼻尖粘贴着死亡的记号

你不能像幸运的诗人一样
路过篝火和村庄。神殿在下
打铁的后背有汗水和火光
命运在上，不是非要使用玫瑰
最初的模样已经是这样了
非要和一枚胸针有瓜葛

藤蔓迟早会吞噬你的孤独
窗帘上，不断荡开的波浪
排除灯光的诱惑，只有规律的节奏
和心跳是串联起来的

你不一定要用汉语来读
也不需要守护，窗外的身影
你更像一个背叛者
在你转身以前，最好识别出
生活的戏剧性和恶作剧

2018.6.4

逆　光

躺下来的纤维是反光的
碳和氢没有话题
有人在寻找谎言
他相信，自己不是物质
和世界尽头。芽苞的悲哀在于生死
盘根错节的孤独，不会葳蕤成行
从坡上走下来，阳光是换了表情的
大部分时间，我们忘记了叹息
海底有那么多想逃逸的灵魂
沉默相向，指纹早已被伤痕隔离
放下身段，但惯性和后遗症
会把一张旧报纸对半折叠
时间对大多数人来说都是公平的
因为终点都一样。即便
腐烂的墙根早已不是避风港
他还是努力地向上
他努力地活成所有生物的雏形
他只是忘记了不锈钢也会生锈
没有动机，而是本能

2020.6.11

凡士林，或月光

如果干涸，卷边的孤独不存在
一滴，哪怕更多的从容也有嵌入的痛点
现在不说话了，放下折弯的钢尺
一切都是伪命题，只有眼睛和器官
还在某个阴暗的角落里充血、发胀
染上了年龄的瘾就戒不掉
经验和道理是阴影，只手遮天的
不光是芭蕉，还有诗句

鱼尾纹有深度见解
不排除阴谋，但一定不是尖锐的
岁月打磨和抛光过的，除了光
还有瞳孔。一到秋天就无法制止
这些可能是谎言的悄悄话
从时间的间隙吹来，无中生有

起飞的轰炸声，从涡轮里流失
垂丝海棠，突然记不住这个名字
但允许三秒钟的怒火
如果镀层后的空虚，只能适应重力
所有真相都会令人失望

2020.11.3

垂丝海棠

和阳光对立，撕不下来的红色
和贴在石头上的标签
是隐藏的表情和肱二头肌
一种力量从两个方向
把它从门框挤出
只有两分钟，我们不用微笑
不用在茉莉花沉下时
姗姗来迟。它的嘴唇上
少了卧倒的雏菊
细节太多是掩饰
刻意放下，遮阳伞
每一个人都有过去
因为现在都是包袱
顾虑从四面八方赶来
他们的星期天，快要入冬
干草带刺，调色板倾斜
檐角上的风铃失声
含水的雕像，不用转身
孤独便迎面而来
没有质量的叶子
把波浪压低。高高在上
他们藐视嘴巴，有时候也会吐出莲花

2020.11.11

大　荒

不用谈论，席地而坐就可以望见
云层和流动的岩浆，主导并不孤独
也不希望烤焦的肉炙会调剂
尚未命名的植物。有三只眼的不一定是神
谁第一个爬上树，太阳就会为谁加冕
日出和蒙昧是奔跑的初衷，脚掌上的器官
和枝繁叶茂相生，相杀的陶片
用颅骨和粟米，盛来渺茫的希望
星河在头顶上旋转，让人眩晕的
森林、河流，和走兽迷失的方向

风信子、断肠草，别用调高的分贝
垄断这苍茫，这旷远，这无边无际
比天圆地方还要苍白的修饰
从结绳的最初，我们就忘记了
此刻的苏醒是螺旋向上的，像尾巴
放弃了肉体，人类才从山顶洞走出来
从半坡的陶罐上逃亡

执念通过执念，逆流而上
羊皮垫底，举起自己的瞬间
穿透火焰上的青铜。他们
摘下面部表情

脚下的湿地会变异，千百年后的石头
找不到一秒钟存在的证据
如果子午线在脚下，比脚下的蔓草真实
他们不知道到哪里去，但一定要走过去

2020.11.13

星期六上午

和胃酸的抗衡被风牵扯
横七竖八。停止线拒绝阳光
摆脱不了引力的叶子
长筒靴里隐藏的冬天
和女人的身材，没有对比性
落下来的是一面旗帜，白色的汉字
被车水马龙切割成碎片

曲面屏尚未接纳指纹
这枚容器装下大多数人的孤独
光和光的抗衡拉伸成一片
影子有些模糊。没有划痕
沥青和孩子的半边脸
都有难言之隐，不吐不快

双管排气筒驱赶着人类
和清晨，没有被笼罩
却在敞开心扉时，遇见事故
青色和红色的砖瓦
被爬山虎盘活
又在“王老吉”的广告上
恹恹欲睡

2021.1.30

塔　尖

橙黄色是通透的，天空
对于大多数人来说只能仰望
没有必须性，少了雨水的调剂
二月的屋顶有些灰暗和晦涩
流浪狗叼走它一抹绿
扯下一片山坳，寄生的孤独
无法触摸，夜色沉降以前
塌陷的色彩，是你的倒影

这种压力是无形的
从脚跟到鼻尖，迂回的浮雕
咄咄逼人，镂空但不中空
就像从某一个角度
窥探夜色，和丘陵
眼神交给自己，这个动作
越来越像某一个时刻的自己

在旋转，在有标签的杯子上
一声轻吼，荷尔蒙是有质量的
月光还在温暖的城池
公园无人坐下的长凳
她的城市下雨了吗
如果霓虹有模棱两可的弧度

2021.3.8

失眠的夜晚

你们如果是这漫天的星辰
是否留了一个位置
害怕醒来，抽搐，发冷
身体是信号，耳畔飘零的声音
贪婪血肉之躯，在器官的某个点
异常兴奋。这条直线是鞭子
或车窗外遗弃的田埂

不曾入驻却又真实存在
像缠绵的雨，到了清晨
就视而不见。从哪一个角度
都找不到出口。人间昏昏欲睡
路灯却不怕疲惫，复制着阴影
沦陷的瞳孔。我们对话
在不同的空间，保持信任

如此漫长，翻身、睁开眼睛
不能动弹、言语
这层窗纸一旦捅破，涡轮
就会把心跳摁入谷底
修剪锋利的多边形。你还在原点
年轮封锁一个诗人
但他还是活在现实里的人

2021.5.15

六月，和苔藓的一次对话

月光洗净的躯壳不皎洁，但明亮
树梢，和沉降的风挂在吊带上
除了此起彼伏的热浪，一张交给时光的脸
一直在拉长，如同人类的影子
在素描的边缘上挣扎，同一时间遇见
又在同一时间永不相见
我清醒的时刻，都被忙碌占据
我睡下来，便听见他们的争吵

这些被移栽、等价出售的生命力
被阉割、蚕食，有了量产化的样子
却失去了童年脚下的柔软度
它们努力活出不一样的自己
却不同程度地炫耀被区分的地位
虽然盆栽只修饰了诗人的窗子
也有被遗忘后的干涸和忍耐

如同他们的聚会，他一言不发
他被一些与生活无关的事件左右
并没有待价而沽的打算
他被一字一句地钉在纸页里
批判，似是而非
他想过活成这样，但酒精和尼古丁

还是从脑海里漫过去
已是下弦月，除了叹气
他必须回到那个窗子里

2021.6.20

红色的玛格丽特

孤独倒立，分叉
水对着影子说话
天空和窗外，被一种颜色困扰
少一寸，会感动委屈
多一分钟，就肃然起敬

天圆地方。潜逃的词语
除了被筛选
还想痛哭一场
眼前的土壤为证
没有人显得多余
你得小心翼翼
走过时间的横截面

开花是其次的
和下弦月照面
失眠是诱因
每一个发烫的灵魂都不受摆布
表情是叛徒
如果不曾被打败
谁甘愿被标签奴役

2021.8.4

童　年

墙是破碎的
年代是一件旧衣裳
过去是闪烁的蜡炬
没有光，身体依然是干净的
和水的流动性一致

裂纹消失的方向
嘴角埋下隐喻
漏雨的屋顶、卷边的晒席
风车里没有故事
只有谷粒、小麦、高粱、玉米……

如同午后的脚步声
贴在耳膜上。夕阳
通过树的阴影
测量时间的秘密
再高一点，百叶窗
装不下檐角的雁行
低一点，负重的蝉蜕
经过年少的时光

捏成形的泥巴
身着迷彩服的青蛙

他们的辩论始于一场暴雨
他们的离家
比搭桥的炊烟还要孤独
信仰不被依靠
只有陶瓷和骨骼

失去土地和祖先
他们放下锄头
薄荷茶溶解的记忆
长驱直入，直到夜晚
混淆视线和汗珠
偷听葡萄架下的
甜言蜜语。他也相信
死去的人都是化作繁星

2021.8.10 修改
2021.10.27 整理

石头的凡尔赛

肉体的摩擦力
挤进芦苇，或更深
不留痕迹，未来
无法续写
叫喊的台灯
交叉的人字拖

崩溃、油腻和粗俗
中年男人贴满的标签
撕开是伤口
嫌弃，别人使用过的
空气。嫉妒
擦身而过的河流

阴谋的食物链
在嘴里融化。因果关系
被夜晚藏起来
冰山托起的理论
塌陷。关掉远光灯
提起裤子
他也厌恶过，这样的自己

2021.8.10

走失的代码

没有结局，尾巴是相似的
无法修复的沥青路
飘忽、孤独，隔着时空
差距显而易见
颧骨上的夜色
反光，也很温柔
却没有让内心平坦一些
像二十四节气一样循环
带刺的语言，格式
薄皮柑上升起的光
刚好让颜面滑下来
追光逐陆的二环路
让人敬畏的不只是时间
风声、玉兰花
蓝色背景的血月
被空格键牵引
又在回车的瞬间
想起前世今生
视网膜被叶子划伤
冬天就在窗外
翻阅昨天的笔记

2021.11.18

一只杯子使用不同的嘴唇

经过高压的水，高速旋转
消毒，封装，没有权利选择
和哪一双筷子配对
午夜的烧烤摊，或者海鲜大排档
若是一双不小心的手
或没有设置拦截的桌面
它又会回到一堆玻璃

和苦荞打过无数次交道
它适应了烟酒的味道
和不同的嘴唇轻吻
装下深不见底的夜色
女人精修的指甲
男人粗犷的指纹
没有边界的话题

这个可怕而空洞的命题
让他感到害怕
零下一百七十摄氏度的粉末
他们又何尝不害怕呢
就像每一个杯子都在使用
各式各样的嘴唇一样

2022.1.3

错　觉

良知不接受邀请，橡果树背上阳光
负重是一种模棱两可的心态
没有谁会为你前行，时代的正面
贴满口号和热点话题
发痒的耳朵拒绝下垂
在一个突然不认识自己的时代
覆盖率很高是借口。芦花没有方向
风是煽风点火的罪魁祸首
当吃醋的露水彻底干涸
孤独是傍晚醒来分不清时间的错觉
每个人的童年都有密封性
不被打扰，但影响力深远
从朋友圈消失前，已经降温
平行的事物是贯穿性裂纹
他的嘶吼会变得更加悲哀
人生只是一道单选题
没有多种可能性。鲤鱼的尾巴消失
我和他谈论的，比晚餐还要平常

2022.8.30

卑微的

躺在时间里，芦花拽紧秋风
为了不丢失这条河流，谢绝目光
阴影比石头的缝隙还窄
水以水的形式，逐渐开阔
用嘴巴说话的人突然沉默
飞鸟背起的天空
落下云纹。比尾巴还长
而立之年是没有终点的路
他甚至做好了放下折扇的准备

为了逃出去，换一种表情
月光让人感到亲切和寒冷
为了不被二维码识别
换一种姿势已是凌晨三点
这一天都被 T 恤衫困扰
身体里的小鹿
领略了高温后
如同一条爬虫
这个城市到处都在修补
除了换装的银杏树

为了座次和窗台
他支付了无数个夜晚

在字里行间匍匐前行
却无法兑换故乡的果园
脚背上的泥巴越来越少
内心的尘埃却越来越多
他走过的每一段河堤
都无法回头
人生，一出没有台词的哑剧

他甚至学会了各种指示灯的含义
在不同的街道
扮演高低不同的电线杆
他举起自己的时候
遇见了喝醉的诗人
他关上抽屉，打火机和香烟还在
没有火花的灵魂是卑微的

2022.8.31

自私的

陶瓷对抗水蒸气，影子
托起窗帘上的风，发丝的纷扰是半遮面
精致的轮廓，两座对立的雪山
让人沦陷的短暂交集，只有极低的角度
把若隐若现当成一种痴迷
八月流火，在热情的边缘设置边界
每一天河流都有自己的走势
秋天的叶子不一定有最终归属
眼袋装满的夜，还在不断蔓延
白色 T 恤衫和超短裤
只保留一段平原。一阵风就足以吹倒
异乡拉不直的口音。总有些相似的成分弥散着芬芳
总有些无法弥补的遗憾成为纪念碑
孤独是你感同身受的怯懦
在暗流涌动的海底，一声叹息
时间就这样被挤压着，通过不同手法
变成模棱两可的自己
那道闪电一样的背影，消除
窗户的间隙。月光晒干的事物不会泄密
同时也没有任何温度
每一个受困的灵魂都是自私的

2022.9.3

装下夜晚的酒杯

杯口和嘴巴保持一样的形状
吞下或者释放，车加工纹路
窗台是一个出口
从这里穿越，星空和陷阱
少了一枚纽扣，我很孤独
多一条皱纹，就会有破碎感

吊灯是吐出来的舌头
和上颌碰触
被跳闸的声音刺激
时间这剂良药，略带毒素

没有拒绝晚风的招安
你拥有了情绪就注定被排斥
卑微是觉悟的对折点
挖空心思的烟灰缸
我能够邀请复活的植物
却不敢提及死亡

2018.5.6

一只摊开的手是可怕的

我记不住阿拉克西曼德的名字
就像记不住某些理论，天天都在使用
或被它们左右。这个不吃鱼的人
一笔一笔画出的世界，被证实或否定
都会激起一朵浪花，咸湿的浪花到达不了
世界的尽头，不是一片叶子
也不是一朵花，不是念经的佛主
存在给想象插上翅膀，想象又被现实扼住脖子
走入黑暗，一条不会回头的响尾蛇
会顾忌这种浮力，抛去自证身份的时间
他们的确比那些周游列国的夫子们
更懂去力证，这个圆柱形
慢慢摊开，它要存在于存在的光年
它的几百万年信手拈来
它或许正在注视，切面上单纯的人们
用楔形文字记录着它的光辉和暗淡
以为尼罗河的水可以包容一切
它很清楚，这无法跨越的距离
也会在一念之间，消失殆尽

2022.12.29

夜晚和不吃鱼的人

不吃鱼的阿拉克西曼德，突然闯进来
举起的沙砾置换成哭声，不均匀，也不规则
昨天的窗户，窗外是安身立命之地
他数次摆弄这个圆柱形，在切面上躺下来
阳光穿过他的城邦，他感到
自己这一部分很快就会被阳光剥夺
比如哲学，比如泰勒斯的嘴巴
米利都的清晨让人执迷，连事物都可以隐身
除了无形无色的气。人们只在乎蔬菜和马匹
并不在乎东方的神秘主义或尼罗河的汛期

他抬头看了看自己的城邦，低头
各种物质小鹿一样在心里乱撞
亚麻布拓下石头的谎言，而不是君主的目光
毕达哥拉斯的信徒们不怀好意
在推翻、重建的反反复复里成为历史
楔形文字落在泥板上，成为无人识别的符号
火、土、水，一个缺金、木的时代是不完整的
第一张世界地图，只有黑海最令人向往

他不相信嘴巴可以征服世界
如果有一道光是上帝赐予的
他绝不会提前交出手里的银币

真理必须通过计算，而不是猜测

现在，可以对鱼尾纹和白头发下手
这是个讲不清楚道理的世界
几千年来，有一根神秘的绳索
把人类的命运串联在一起
但不能对黑夜和星辰保持怀疑
在饥饿这件罪恶的事情发生前
打理胡须，整理白色长袍

2022.12.29

雨滴打上马赛克

未平复前，阳光洒下来
湿了经开区的清晨
人们的眼神是无辜的
和醉后醒来的香樟树交叉
声音无孔不入
站在原点，又被原点舍弃
雾霾下，整齐列队的只有文明
不允许一棵杂草
用自己的方式枯萎、活着

看不清的柏油路
在近年的第三次维修里
血肉模糊。城市越来越堵
离合器躲过人为陷阱
却没有躲过操作失误
多少人难逃一劫
生硬的雨刮器
把前方擦出伤口
切割着爱与善良
敌人在我们中间
也许就是我们自己

2023.1.1

声音一旦被复制就是叫嚣

没有记住一株植物。假期的最后一天
宿命的阳光让自己感到温暖
温暖的事实是流动的、无痕的
比水还要深邃一些，孩子咿呀学语
才是一切关注点。被命运羁押的同时
这条裂口最终还是有了张力
但不是松弛有度。我在写诗
我自己也不知道写了什么
越来越靠近内心的野兽
我在记录自己想说的话
如果允许当众发表，也只有一个雨然
烟波之上唯一通往星辰的索桥

我不该是那个被感谢的人
罪魁祸首也不至于，至少抓蝌蚪尚早
风筝可以不合时宜地飞起来
人类的向往不过如此
但十五块六分钟的碰碰车才是现实
云南甘蔗，也不知道是不是云南的
声音一旦被复制，便是叫嚣
只有大声才会深入人心
这个时代的悲哀，已经置换成流量

赛尔彭的诗句突然感动着我
但无法变现的事实，还是搁浅着
摩托车营造的时代氛围
是大多数的，而非真正明白——
“时间在时间之中，流水在流水之中”
我只有从不同角度拍下它
也许有一天，再次回味
苦涩的像素，也有黑白之分

2023.1.2

落下来的声音是苦涩的

串了的味觉，有视网膜的参与
在边缘地带假期的最后一天
把你高高举起，才是父亲唯一能做到的
真空玻璃拽出来，不至于冷却的
灵性，需要流水的参与
不排除阳光的温暖。春天尚早
你尚未学会用风筝和天空对话
尚未在一群孩子之间，学会交流
你的世界，才是你的世界
甚至突然叫出口的，错误称呼
你不会错认，别人的帽子
丢失的东西可以再买
但相处的时光，确实是变化着的
我不可能再在一岁四个月零三天
陪着你，夜色就是最好的证明
他们挤压着一代人的生存空间
迫不得已改变的籍贯和身份
也不可能像伤口一样，复原
他们强迫诗人离开村落和果园
幽灵般接受时光的献礼
落下来就会悄无声息
把味蕾撑破，剩下苦涩

2023.1.2

去了米提利尼的亚里士多德

去了米提利尼的亚里士多德
才是亚里士多德。数学问题
一直困扰着我们，但阿卡德米的同学会
并不在乎这个孤独的身影
流浪到爱琴海，拾起海边的贝壳

不被承认的事情太多了
和野蛮人相处的三年，人性的暗淡
投影在庭院的阴暗角落
自言自语，这个忠于内心的人
始终和自己保持敌意
他放弃一次尝试，并不影响

他就是亚里士多德
一个伟大的时代即将落幕
在潜逃的夜色，听见
马匹，和上帝的眼泪
仙人掌、巨人柱、芨芨草
落入长袍的风声才是风声

他在这个球心上俯瞰星辰
在葡萄架下，品尝果酒
人们并不在乎发光的宇宙是不是最终形式

人们只看到马其顿赐予的，是不可能被仰视的
亚里士多德永远是亚里士多德

2023.1.4

第三卷　逃生的情绪

二月的抒情曲

河流滤出一片云
在白鹭的引导下
一抹绿的纱衣，折叠——
无数个被拉伸的日子

咸淡的味觉，走失
骨头的细枝末节
中国画的气息，慢慢隐匿
一场雨过后，燕尾别出新意
裁出一树梨花

一只蝴蝶拉开这场序幕
舒缓、湍急，一种情绪
再也无法压抑，流动成形
在山和山的缺口之间
所有的音符，排列无序

油彩覆盖的背面，质感清晰
线条的立体感，交叉
三维视觉里，只有一个点的固定
春天还不够清晰，这个问题
一直困扰着，那个执笔的人

2013.2.26

在电梯上

把心跳往下按，加速度
从头到脚。文明的中枢
我的每一天
向上或者向下，传递
门开了，我就必须出去
门快要关上，我只能干着急

隔壁的老太太、三楼的寡妇
拿着电锤的工人
满脸横肉的保安
在这一平方米
我们是熟悉的陌生人

一个箱子，打捞着
人类的幸福和悲喜
垂直而下的水桶
一个闷响，叮咚——

一位母亲对女儿说：
找一下你粉色的裙子
你丢失在郊外的蝶衣

2013.3.28

潜伏的灯光

一只蜘蛛努力地向上爬
风时缓时急，弹性被粘住
所有的欲望是沉甸甸的
和露珠一样，身体内部
万有引力，我们天天相会

钢丝一样的单行道
我们害怕掉下去，我们害怕失去
我们的。于是
我们不假思索地摘去一朵花

像摘去一个季节一样
我们只剩下光秃秃的骨头
阴暗分明，它们临摹
自己的性格和身体

从这个角度，和每一个角度看
这个夜晚，唯一具体的
是它们暴露的真实。这个世界

2013.4.8

春的絮语

由一只红嘴鸥开始
远处，丛生一些细节
迷雾缭绕的涪江
情节，被冷淡处理
也无法阻挡
阳光下，逐渐生动的物像

这场盛会即将开始
绿色按钮，一旦触发
在湛蓝色的深空
捕捉到灵感的笔尖
和一声嗟叹，游走的船只
一幅笔墨饱满的山水画

而衔接的一抹红晕
是刷新过的日子
门楣里，无数个念想
释放着内心的马匹
从手上，从每一个人仰望的目光里
春天就是一条河流的陡涨

2014.1.14

畅想曲

由风的倾诉开始，剪过一只燕尾
唯美的焦距里，花开的次序
在逐渐浓密的枝头，一些心事慢慢滋生
桃红遍染的山头，我的内心只能装下
一片云，一只走过童年的短笛
那些歌声早已经渐渐远去，隔着村庄
河流在孤独之上，我已经无法真实想象

浓了一点，又稀薄，炊烟笔直地走失
隐约的声息反射在老墙上，又滴落在午夜
锈迹斑斑的，格子窗放下的不多
倒是遗忘在某一年，那心爱的玩具
他们和我一样，只是隔着时间的晦涩

一碰就滴落，晨露像所有被拉长的日子
再藏不住的秘密，相望是如此漫长
两棵树第一次开花，风在之前或者之后
三月的丝滑，一到河底就游离
像那些散落在五线谱的音符，一高一低
那个多情的演奏家，是一只蝴蝶或一只蜜蜂

2013.2.27

午后的茉莉花

尽管来得消沉一些。水分在蒸发
我们无法把握的，青春和爱情
像嵌入窗台上的风景
两只曾经握紧的手，隔着现实
清丽、淡雅，只是表象
身体里的变异已不可逆转
从雪白的花蕊到根须
这些重复的命运，不断累加
在生存的环境里争风吃醋
活下来的，名利双收
残枝败叶被时光剃掉
圈子外的人拼命往里面挤
圈子里的人又拼命排斥
终于开花了，花香也带着血腥味
茉莉花的悲哀是，面对阳光
就偃旗息鼓，就像我面对茶水
在午夜是难以入眠的

2014.8.30

托梦的石像生

信仰全无，找见多么难能可贵
一千年来，风风雨雨
只是无数个变幻的小插曲
一毫升的尼古丁
足以让我托生于南柯的一梦
蒋琬满腹经纶，谦卑恭敬
月光生动地撇开，世俗
一只偌大的瓶子和墓碑
要去寻找一只头颅，来成全石像生
和午夜白昼的对话
你胸怀里可以月明星稀
不一定要金戈铁马、回肠荡气
就可以第七次把岐山踩在脚下
所以把石头还给石头
神道只供清风和你交流
把一股顺势的草船
一声呼喝中借走遐想和猜测
风雨削不掉的，圆形和石头的比例
我们的内心都有一个城池，休养生息
待到山河已变，那棵春草已经拔高一尺
直到面壁的时光，也逐渐风化
我和你，其实活在尘世和食物链中

2014.4.6

三月的油菜花

很坦白，连调色都来不及
随随便便就是一地
没有方向，有地方就是方向
它细小的一簇，只是我们认为的一簇
并不以属性的天然自居
也不以天性。这短暂的快门按响的时刻

不断地复制，颜色、大小和形态
一棵、两棵，第三棵
植物的身体接受指令
发生一连串的效应
不为一只蝴蝶，但它真实地
随风蹀躞。摆好位置、角度和姿势
旅行的意义往往是为了获取回忆的资本

我却为一条水沟发呆
枯萎的树，和屋顶顺势而下的苔痕
很多事情不是我们看不见或没有发生
而是我们只是关注了
我们所关注的。这大部分
添加剂和香精蔓延的病态

2016.3.13

对　付

用旋转的刀子对付早上的胡须
胃酸和瞌睡需要中和
像失眠一样，连锁反应
惯性被脚尖对付，转弯用三十码
喝完一杯豆浆，时间足够
如果八点三十分还有一个车位

在右下角加上一个动漫图标
直方图和折线图就够了
不断上扬的趋势让人害怕
一个人面临中年，就会很快地面临
关节疼痛、肩周炎和牙龈出血

我们都在拼命地保护
一只不被啃噬的萝卜
用多余的时间对付自己
慢慢遗忘的果园
和躺在门前的锄头

我们都在拼命地寻找
各种借口，曲线救国
忘记了滑翔
也会让一枚苹果成熟

闭上眼睛对付夜晚
一天被换算成若干等份
诗歌是最羞涩的部分
我用它来对付
乳房，和麻将碰撞的声音

2016.8.2

秋日感怀

放倒肉体，把啤酒杯摁进夜色
我偏瘦，发福的趋势依然不可避免
游丝一旦吐完，这些老之将死的秋虫
就被胃酸分解。不说出具体坐标
乌云和大脑同时变重，被灯光打成一点
两点成直线。牵牛花曲线救国
你无法在稻草人身上拯救自己
在紫葡萄上取出性别、年龄
就会被第一片叶子击中
有些人躺着，但并不一定中枪
偏头疼、失眠，秋水是一剂毒素
我预感自己不是今夜的上帝
上帝睡着后，替他点燃一支“紫云”

少许的降温，足以让我走出
房间，是最后一站
把自己交给红绿灯，EXCEL 表
却没有足够的硬盘和而立之年，对抗
我害怕这些挂在眉梢的柿子
并不能拯救肺部的疾病
晚上十二点，惊慌失措
早上八点，无从下手
我们太渴望挽留，一不小心就变得被动

天气预报过后，姗姗来迟

我替这些诗人们感到悲哀
没有校正松动的牙齿
嚼不烂的形容词
替时间保守秘密
自拍、朋友圈，能够听到声音的地方
我都躲得远远的
我害怕被伤及或伤及无辜
也害怕持续降温
青春的尾巴，刹不住车

2016.8.29

尘埃比他们更接近真理

亚光色的树下
摄氏度无法感知，冬天的灰阶
经过低频过滤，远山的线条
尾巴和河流有一样的幅度
签字笔挑战权威
不假思索，大写字体
留下空间和摩擦力
决不转身，他回避他所回避的

性别掏空的二楼
阳光筛选诚实的阴影
为了二维码上的一次交易
尘埃比他们更靠近真理
只有事实的部分，还在缩小
这块屏幕上演的星期三
尾号蹑手蹑脚

比一次砸中还伤身体
窗帘有自己的锁定方式
不依靠毫无来由的风
尽管结尾都一样
他还是努力扮演这个角色

2021.12.29

陌生的灵魂并不害怕窗户

站不住脚，道德只能滑行
她的妩媚摔了一地
包括鞋跟点击的心跳
折返于空间的密闭
褶皱是鱼尾纹的病因
火罐的吻痕
标注了手指游离的方向

这张地图是灰色的
保持神秘感，给光一条生路
醒着会让人上瘾
为了一分钟大于一分钟
保持弹性和良好的沟通
挤压方式自然，但会卷边
等待，比想入非非多了一点

两点成线，但三点未必是平面
眼角膜沾满了发霉的味道
诱惑着走下神坛的神
每个器官都在独立思考
除了颤抖，瞬间激活的表情
僵住。陌生的灵魂并不害怕窗户

2021.12.24

冬天的异响

没有划伤、磨损
孤独比叶子还要真实
身体的零件出错
释放出不良信号
急促、焦躁
狂欢后的凌乱

左手，和右手交叉
赶在最后三秒
人生只有一个路口
互相经过的时候
她用嘴巴回应，远光灯
紧急刹车

有一种制动力
可以让身体滑行
灵魂不会受伤
对面的胡杨树
卷起衣袖，缩进隔离带

谣言像定时炸弹
和被拔出来无关
她夜色中的漫舞

像贪吃蛇
像变形的字体

2021.12.21

夜幕将至

从嘴巴里吐出两行轨道
牵引远方。边堆山
静待安昌江的夜色
和对面弱小的灵魂照面
路灯下被阉割的尾巴
设置边界。半空中的羽毛球
和移动的黑色羽绒服
慢慢混淆，小摊的吆喝声
稀释人类，阴影
突兀的岛屿是笔直的
拉下窗帘，便被一笔隐去
他突然记起呼唤海鸥的女人
没有照面，跳舞的主播
交织在一起的树梢
和尚未突破防线的冬天
他，漫无目的地走着
夜晚只给了他一声空响
篮板和键盘发生共振
也没有高于仓皇逃跑的机器声
所有人追逐的终点
拧成一股没有头绪的绳索
他和人类，困在其中

2022.1.3

伪　装

鬼刺草，没有秘密比多余的问候更让人惦记
为了活得更像自己，游走的坦然比过失更像一条河
定格在窗棂上变旧的灯笼，有倾斜的角度
刚好和孩子的视线是一致的。至于没有冻伤的黄桷兰
有更多的时间，关心菜园上沉甸甸的种子
我用尘埃里的谎言逃过一劫，但灰色还是拆卸不下来
尽管限行的标志挡住去路
界牌的某个村落就在隧道过后无力的说辞
在清醒的离合器上，有了踏空的错觉
到了三月，金黄色的油菜花会掩盖真相
我希望穿过的亚热带，像柔软的披风
卷进来的构树、法国梧桐，吐出七里沥青路
每个人内心都有一个隐秘的村落
挂满“明日见”，在一个好听的名字背后
总是有谈不清楚的价格，这些灰色的瓦片
草溪河连接到丘陵的另一边，就陷入蓝色的屋顶
进进出出的人类和烘干的命运如此相似
却又找不到一个类似的名词。他们贪婪的盘子里
搁浅了二维码，刷不完的热门话题
所有的伪装，都在欺骗真相

2022.1.3

复苏的影子

怕凹陷，颧骨以另一种形式
遮挡大多数的命运。怕走失
像夜晚脑海里消失的羊群
比突兀更靠近山尖，少了虚构的哨子
白发比微风更有诱惑力
落差是树的底线，水面住着一个城市
内心是另外一个城市

从哪个角度都不好拆分
修剪过度的黄桷树
穿过它们，不会产生错觉
却要偷走高架桥藏着掖着的翅膀
抛弃它们，上帝横行霸道
至少手脚并用只是本能

色彩滚动播放的地方
黑色丝袜落到该有的高度
照亮自己的，不只是红绿灯
现实总是怀揣不祥的征兆
打碎几分醉意，采几片月光下酒

2022.1.5

睡不着的方式

压缩机的声音把空间挤得更小
塑料玩具、可乐瓶、木质相册……
所有发烫的灵魂都是焦躁的
工地的灯光划破橘色的吸顶灯
大意的马匹满盘皆输
和陌生的套路对弈，有瘾
有很多种睡不着的方式
蕨类植物在眼角膜上蔓延
她说谎时，眼睛都没有眨一下
她的疼痛源于道德的摩擦
她也讨厌，卑微地活着
劣质美缝条修补不了
人性的缺口，在黑暗的角落脆断
地板复制手机背光
一次交易只是一次交易
哪怕亲近的距离超出性别
我们讨论着讨厌的事物
好奇心有窥探的嫌疑

2022.6.24

抽烟的女人

插不进男人们的话题
就索性调整目光的角度
看春天下的第一场雨
眼袋和乳房，一起下坠
三十多年的毛孔在放大
撑破面部肌肉
有机可乘的鱼尾纹
偷窥身体曲线

现实被如此现实地回避着
令她不安的吸烟点
嫌弃，女人和真空玻璃
也一样被女人们嫌弃着
穿过尼古丁，她也可以看到
换刀频率，刀补，和进给速度

我应该是认识她的
不到十分钟的面试
因为照顾家庭和孩子
不欢而散。从前年开始
不知道多少次撞见
但我记不住她的名字

2023.2.21

那时的月光

泼墨而来，一瓢的剂量不够
一万亩也不见得豪放
月光可以烫伤赤壁
也可以做下酒菜，对饮成三人
透过它，你可以看到现实
我手里的玛瑙、树木和更多的
都可以拿来兑换。你念叨的
千里孤坟，八百里连营

焊接时间的创伤
能够思考的，可以陌生化处理
我们看到远山，和黑暗里错节的风
它最温柔的一面
会镀上一层黄金
摸得到的日子弥足珍贵
眼泪和发丝

我们会想念一棵树和一个村落
每一次路过的地方
我们会找到一条河的发源地
也会倾心于浪漫主义和意识流
在贝多芬的指尖上
想象潮水，然后随手关门

2014.5.9

许多的光落下来

油菜花被动接受，但具体的事件是真实的
匍匐在地，茼蒿菜、小茴香，躺在池塘边
风会分担影子的孤独，为了预设中的陷阱
不管不顾，水面的动静才是吸引人的地方
甜蜜的负担被工蜂托起，阳光才从容偷渡
一棵饱经沧桑、光秃秃的树。非应景式的
孩子并不会滞留于滑滑梯，静电有附着力
同时又让尘埃和尘埃黏在一起。走向田野
人们怀念的都是失去的，油菜花才是青春
三月只是用一种迂回的方式，打开了三月
而非嫌弃某一个山头，这种托付是肤浅的
对于飞鸟，只有不可僭越的、干涸的河流
没有回头的必要性，“滑坡”的小概率事件
会在你手里的塑料铲，演绎成精彩的回忆
至于被吃光的兔子，会是无法弥补的遗憾
你拒绝和冰冷的铁丝网亲近，拽紧胡萝卜
用一岁半的想法质疑着你觉得需要质疑的
许多光就这样落下来，从晒得绯红的脸颊
再到稚嫩的手背和脚掌。你所认识的世界
正以另一种方式认识着你，这成长的过程
是陌生的、未知的，如同微风吹动的柳絮

2023.3.4

夜晚的紫叶李

白玉兰像女神一样，遥不可及
连明天的天气都无法猜测
这一世就只能为自己而活
三月一旦开启，这场盛会
就注定听不到自己的名字
桃花是咄咄逼人的，颜值和性格
把角落里隐居的时光
压得很低、很暗
梨花在诗人的赞许下，千树万树
她们并不需要被标注
就早已被春风识别，一片明媚

即便胜过樱桃的花期
也输掉了果实
这份苦涩只有自己能懂
和失眠的诗人一样
所有的感同身受只能感叹
不会驾驭悄无声息的日子
努力长出一枚荆棘吧
在阳光照耀不到的地方
不被保护的命运只能自我保护

在淬火的时光里，煎熬

在被忽视的剧情里
着火的青春羞于启齿
唯一不甘的挣扎还在持续
一身血性，才是自己献给自己的
同时也让自己着魔
即便还会输给枫叶
她已不再畏惧夜晚

2023.3.5

蓝色的屋顶下

怯懦、孤独，像一片忧伤的叶子
苦楝树不会说话，唐突了提前到场的节气
我总感觉到他们感觉到的亏欠
十四年了，密排滚珠还是容不下
粗糙的指纹。青春一旦被尼古丁揪住
不被润滑和冷却，便暴露了时光的折痕
发光的将不再具体，只允许感觉
而不是醍醐灌顶，相信就是一个最大的陷阱
每一个人都把未来堵得死死的
以至于无法预料的结果，总是肆无忌惮

他们滔滔不绝地谈论，梦想
而不允许别人用价值来衡量藤蔓植物
自我感动式的救赎具有煽动性
剩余价值消耗殆尽，他们就会本相毕露
工具合金钢本身并不锋利，谎言
会让所有人都相信，努力的力量
但结果却要用他们布施的心态来呈现
在他们手里，没有讨价还价的余地

2023.3.8

石头上的副歌

轻快，灵动，不被查验
通过方式就自然一些
寄希望于一棵酸枣树
平原和山，被河流链接
三月折叠的页面
被油菜花上传，停下来
有飞鸟的影子。横空而来
是千年的佛像。桥上
流走的时光继续流走
如遗憾，或降落的微尘
如此反复的调子
镜面反射。误伤的叶子
穿越他额头上的丘陵
险些酿成事故。远道而来的人
失守，没有城堡和果园
孤独便是没有原则的分界线
黑白对立，麦地守候影子
让贝多芬发疯的事物，也让神灵失去听觉
我并不知道他们会越走越远
摆脱三一八线的车流
也是摆脱五线谱的音符

2023.3.16

下午的距离

鱼缸放大自由。渴望
有一种无法自拔的魔力
碰到嘴巴、鳍。拉弯
窗外的树，签订了某种协议
下午三点二十二分
尾巴的节奏
和生存的状态，发生共振
漩涡被金属勺困住
消失的味觉像天空飞走的鸟群
因为善良，人们会不知不觉地幻想屋顶

时间先声夺人
一万个味蕾集体罢工
排列于曲线的两侧
散布图和真理争执不休
上帝视觉的局限性在于上帝
而非突然就有了灵感，和尘埃对峙
我和一杯咖啡隔着下午的距离

两点成线，第三点有了变数
愿意站队的人，从来都不是脸红的人
优雅不过是陷阱，或
我迷恋的本质不过是迷恋的借口

2023.3.30

迷恋的借口

睫毛放任目光的弧度
被落叶剪辑，故意抬头
铺满的背景是贪婪的杀手
我迷恋远方，山的缺口
我和夜晚隔着一江的水

上弦月，但凡有路可走
乌云不会在手背上投影
逆风生长的榛子树
用迷恋的姿态灌醉自己
用人类的悲欢和屋顶发誓

麦地和星辰，才是归宿
丘陵的马匹骨瘦如柴
生存，良知
迷恋果园的人都走了
但土地还是人类的土地

2023.3.30

春日阳光

现实和阴影各占一半
银杏是站在高处的人
不屑尚未汇成流水的吹捧
不惧油菜花。之后的热闹会更冷清

身体远比思想成熟。这些触须
很快就会认识到，阳光是刺眼的
只需要和工蜂打一次赌
头脑发热才是最可怕的

三角梅，被宠信的时光并不多
日子才是散漫的，扑打着窗帘
被风折叠的经历太多了
这股塑料味从来都没有消失
不以坦诚地交流，总会留有后手
嘴巴是凶器，还会发出叫嚣
征服者才是最大的受益者

拔出毛刺，反光的斜面并不光滑
飞鸟和鱼的摩擦力
会让诗句变得抑扬顿挫
诗人可以卸下各种皮肤

在陌生的对峙里，像一条响尾蛇
也可以走出这个漩涡

2023.3.30

第四卷　在你的身体上流浪

路　过

芸芸众生中路过，冬日的阳光笔直照下来
顺着斑驳的墙面还原到一个点
紫色的牵牛花开始想念，那个倚窗的童话
停留在废墟上，一条无法阻止的河流已经干涸
它和一首诗歌一样，即将被收藏
冬的冷风不断威逼，只有蜷缩在墙角
像一只慵懒的流浪狗，呆滞地站立
在尘埃之上，在全人类匆忙路过的地方
天桥下，银白色的护栏，那些无法跨越的
隔离一片叶子的自暴自弃，通过一键回车
腾空一片领地，作为疲惫以后自我陶醉的后花园
在一敲一打、并没有节奏的触碰里
变得那么遥远，恍若那个模糊的夏天
就像橘皮的干枯一样，青春已经褪色
恍然地觉悟——又是深夜两点
你醒来的时候，未必真正地醒过来
而一旦睡去，也并不意味着永恒
当触感的真实通过把手感知到重量
冰冷的水，通过无数次加温
依然让内心的寒意，抹上透明的玻璃
我隔着夜晚不断呐喊，却发不出任何声音

2012.11.20

从南湖到高新区

车祸是这条路的例假
纠结于一处
白细胞凝聚
吞噬着下班时间
在同一个方向，扩散

的士、大巴、摩托车
在一棵香樟树下
该拿走的已经拿走
那个女人来不及捡起
就又融入夜色深处
安全头盔，被粗暴地碾碎

过了高架桥
更加血流不畅
小摊退避三舍
电线杆无助地矗立
洞天公园
歌舞，连绵起伏

直到火车站
拔高的灯光把广场
压低。双碑立交桥

放飞近光灯
转眼就到分叉的河堤

对比高新区的宁静
一番折腾已经微不足道
石桥铺大桥
所有的风，都吹向这里

2012.12.4

在你的身体上流浪

夜晚太黑，从你的身体上
我无法取走什么
扎进深不见底的胡同
走不出去，也不担心迷路
矫枉过正令肉体疼痛
垂直的力掰开秋天的石榴
真相很新鲜，但没有保质期

这尾游鱼，被镊子钳住
活蹦乱跳，无处可逃

很快就没有还手之力
窗帘上复制的风
光顾内心阴暗的房间
我把星期天放在她的箱子里

我把与诗歌无关的喘息
落在某个比空洞还空旷的地方

2016.9.1

人民路南段

走到这里就停下来
这些标识不可能识别
如果云朵刚好把雨水堵截
在一片叶子成为标本以前
保留颜色、骨髓和内心深处的话
我们忘不了的昨天依然是昨天
但今天，只有被来来往往的车辆
隔离在护栏的两边，井水
永远不想成为河水

除非，枯萎的茉莉花可以熬过冬天
被保温的面部肌肤
再粉饰也无法成为她的一部分
这道影子被拉长、放低
在禁止转弯的路口，被释放
她必须从容地路过五星花园

每个城市都有这样的痕迹
以至于再见让人吃力
无法逾越是一种悲哀
落入漆黑的夜晚
她久违而深沉的门
有些掉色却并不庸俗

2016.9.21

九月二十一日

他说了太多莫名其妙的话
在人行天桥上，他无所顾忌地
大吼——大叫——
低声质问这片楼顶
富安百货的灯光
安昌桥下湍急的车流

没有人搭理
对错从来都是并行的
从不靠边停车
有些路走过去是坎坷
每一片叶子都是暗器

秋天深入皮肤
骨髓变质，茉莉花凋谢
依稀可以闻见桂花香
曲折的跃进路

红色的瓦房
像无法拔出的蛀牙
从九十年代开始
有些习惯就无法保留

2016.9.21

脱落的想法

参照物失去重心
太沉了。时间
只剩下寥寥数语
有些颤抖的篆字
拖着彗星的尾巴
只剩下这条河流
套在脖子上
滑坡的迹象已消失
我们集体骨质疏松
他选择离去
从记忆里，干净利落
角质层变脆
指甲油无法渗透
褪色的光滑
从石凳上怀念
昨天命悬一线
这些倒锥的毛刺
足以让喉头发紧
他的头皮屑
有些骚动不安
是害怕，被秋风拆掉的事实

2016.10.12

内插法

从笔尖抬头，到尘世
和酒杯，低头
定义清晰，秋风下的叶子
从大到小，由轻到重
侵入午夜的铃铛
波及二环路。这个闭环
让我走不出没有校直的河堤
破坏很强，渗透熟了半边的橘子
我的脸失色，我的头发
随便垂下来就是秋天

我不得已喊你的名字
在风中，但每一个词语
都把舌根压肿
把自己压得喘不过气的
是自己，榕树没有过错
这些天南地北的影子
嚼着馒头、米饭
他们喂养的城市不断拔高
自己却越来越矮

这些比例，分配不均
穿过午夜的临园路

西段，每一头都有重量
卷帘门，伸缩的窗
加油站捏住的七寸
它的消化不良
夏天急剧收缩的胃

2016.10.19

在一块屏幕里活着

寻找排列顺序
红黄绿，打开的灯开着
关闭的一直关闭
下拉、填充，无法弥补
这一分、这一秒
用曲线和饼状图描出来
让自己看到自己

午夜爬出来的魔鬼
有些暗点，分辨率不高
脸上长出来的痘子
你不去挑破，秘密就是秘密
他们的影子被月光稀释
就再也组合不起来

由大到小。有线网络
无线 Wi-Fi，4G
天网恢恢，困在网中
像倒挂的石钟乳
在秋天，牙龈肿痛

无法闭上眼睛
把世界拉直，把自己放倒

在雨然的脑袋里
大多数困扰的问题
不是性别，也不是年龄

关掉它们。其实已经关掉了
世界，就这样可大可小
到哥伦布的手里是一个罗盘
一旦复制在这块屏幕上
是一个二维码和表情而已

2016.10.20

在时光的转角处，遇见你

席地而坐，在年成很久的门槛上
连理枝，从老屋的缝隙里
摸到破碎的叙述方式，阴影，侧面
深远的巷子。每一个人都有走不完的路
但每一个走过的人都忍不住回头望
为了记住，水缸里盛满的月光

他的动作细腻、精准
没有世俗的惯性，所到之处
激起一片浪花。他的目光
如此专注，不屑于这尘埃之上的人群
和黑色交领汉服上沾染的风霜
陷入“凤求凰”的跌宕平仄
和竹尖上少许的风

樱桃花渐次开放
每一个过往的人都忍不住追问
你的芳龄，和四叶草的絮语
沿着下河街，在一个偶然的下午
被阳光泄密，又通过像素
均匀分布，和那年那月的酒旗

2015.2.21

潜 伏

泛黄的银杏叶
有掉下来的可能，但无法解释
事实让一些形容词无法与浓雾和解
落不进内心的雨滴
没有形状，在羽绒服里收藏
我们害怕被风干的肉体

从树皮的表面，有些河流开始干涸
绕不开即将被冻死的茉莉花
胡乱的手四处可见，并纠缠在一起
和泥土保持相对湿度

不断繁殖的微生物
不会冬眠是可怕的真相
直角的窗，没有尽头的路
火焰的声音潜伏在香烟上
冬天，被无辜连累

他这样说不是全无道理
柏油路被夜色碰伤
没有人看见的意外并不是意外
是突然升起来的车窗

2016.12.4

五月，一条河流的开始

从绿的神经末梢上，发育
少女的纤柔，和婀娜多姿
让一只成熟的工蜂，胡思乱想
作为红嘴鸥的引渡，前生
已经和一条河流不期而遇
今生再也走不出这里
尽管没有人真正地踏足同一条河流

深入水底的半岛
有着若干的关联
若干的诗行，已经下笔
放开闸门，雨季会不会提前
这是埋在内心的一个秘密

我已经在汛期以前
为一条河流，做好准备
光阴不能夺走
无名的石子
和一队蚂蚁的阵形

我想象生命中经历的
无数条这样的河流
他们的发源，最初都是丘陵

他们有若干的支流
却无一例外地，向前走下去

2014.5.18

木龙河

交出小块的麦地，桥和人家
这个手势还是没有固定
塔吊的转弯幅度，挖掘机
杀害炊烟、鱼塘的罪魁祸首
雾霾的天空燃起烟花
蓝色屋顶下，振动的机床
在午夜哄骗凤凰立交桥入眠

未知的路有了编号
水泥蔓延的速度比野草还快
忙碌的灯光有排山倒海的力量
小寒过后，两只烟斗被点燃
停车场的匝门堵住人们的嘴
错觉像小木屋一样直线排列
教练车陷入烂尾楼

吊瓶扎入木质层
搁浅的木筏被时间分解
成为演练的道具
为了预防犯上作乱的核桃树
标语比铁塔还高
规划图横平竖直
红岩子大桥，是一条直线

小山丘部被沥青路行刺
这个越来越大的泡沫
包裹桃花岭，广福村
打起“超级玛丽”的四层小楼
谣言被证实
他们的祖先在对面睡着
他们是得到保佑的那群人

2022.1.6

小　年

隐没梧桐叶，扑倒影子
叫喊、碰撞，无回旋余地
拆开十四行诗
每一行话外有音
比收敛更有把握
比发泄还无底线
黑色丝袜，孤立无助
扑克牌闭眼，女神复活
又被撞到。小鹿
和对手各站一边
心底还是没有故事
他有大把时间
兑换温热的酒
只给三分薄面
江山起火、四起狼烟
挤进生育的话题，刹不住车
索性拉起帘子
计算比算计多了出头鸟

2022.1.24

漂白的往事

灯笼盯着你，露出獠牙
大写字体逃不出来
目光丈量三楼的幽暗、潮湿
每一个明码标价的灵魂
都被午夜举报，来不及
对灰色的昨天下手

肉和蔬菜，萨拉蒙从长凳上抽身
关心倒立的阳台，大衣是遮羞布
和陌生的丝袜，住在一起
保持分层状态，不被审核
就通过倒钩交流
风压倒联想的嘴巴
有些舌头比响尾蛇还歹毒

倒车的女司机，左右不安
受困于两棵树
尾灯约束意外
不留下只言片语
这些人幻想和这些人一样虚伪
从容地跪下来，却不承认
昨天是挂着别人嘴巴的历史
每个人都有被漂白的往事

2022.1.24

星期六的经开区

清晨，光，影子，洒水车
并列于呼吸，尘埃和折多山的雪
覆盖朋友圈，话题和尼古丁中和
反应过度的喜鹊，撅起屁股
石板路把平仄吐出来
各种声音挤满阴郁的天空
忙碌以塔吊为支点，叫醒长虹大道南段
急停开关一样的加油站
突然处于暂停，有些不安

突然的不安却无济于事
你被镊子夹住四肢和大脑
注入少剂量的孤独
你有多少天和路灯形影不离
就有多少摩擦力，在新铺的柏油路
看不见轮胎的痕迹

你害怕失去的都失去了
你拥有的正是你所拥有的
你可以用睡姿和涪江平行
也可以在风大的阳台，晾干红色的袜子
下一刻，也可以不这样

2022.2.10

在你的身体里失眠

夜色撩人。芳华在随风而散的地方
变成内心的无数个魔鬼
躺下来是为了不至于失眠
却无法在没有人的夜晚安静睡着
姿势千百种，贪念开花的时刻
在无可挑剔的水泥中变得铁石心肠
在车水马龙的拉锯战里胆战心惊

她纯白色的舞姿掉落成灰
她只能被潮水隐去变成符号
她甚至没有名姓，被世俗搜遍全身
她赤裸裸地坐落成风化的纪念碑
又在没有信仰的人间，失聪
她望着午夜十二点的摄氏度
穿梭于疲软的楼宇
又在没有被监控的角落放任自流
她无时无刻不受困于影子
又害怕瓜分了多余的时光

没有人再去眷顾抽屉里的忧伤
在诗人泅水的时刻
在流水线忙碌的时刻
在每一处明码标价的陷阱

你总是跟随于号牌的反光点
你总爱偏信朋友圈的流言
你在垫高右腿看不见月光时沉默
在所有人的摒弃里转身

沙发上没知觉的植物
这具肉身像只不满足的容器
早已被摧残得如此虚脱
说不了违心的话
只能恭维三月的冷暖阴晴
失眠，自言自语

2022.3.11

每一种自律目的性都很强

不和夜晚争论。就坡下驴
也是很好的解决方式
这突然的冷暖无法防备
孤独是从动轮

不以悲喜感动去年的叶子
也不排除风的干扰
和屋顶破裂的云，相向
每一种自律目的性都很强

在纠缠中点亮自己
别人想看到的样子
有时候也会沦为笑柄
没有一种觊觎是干净的

除了活着，要做的事很多
但很少有勇气面对
木棉花，或篮筐外的角逐
被夜晚放倒的霓虹
有不深不浅的划痕

2022.3.21

觉悟是布施的圈套

眼角膜撑起一夜的暴风雨
体验却不一定力行，大多数人喜欢结果
并不一定记住了，梨花是抽出身体的一部分
凌乱的口语被睡衣的衣角吸引
偶尔成为诗句，但都陷于表象
我成为世俗之外的庆幸者
我嘲笑曾经的自己和现在的你
在不和一棵树勾肩搭背的同时
保持独立形象，让落日余晖向人类倾斜
不打扰车水马龙的同时
让聆听姿态，和负重前行保持同一高度

觉悟是布施的圈套
没有相对位移，你不可能站在真相之外
当它们同时冲击着颜面、头衔
游离在灵魂里的尘埃会越来越多
这个容器装下酒精、尼古丁和谎言
就变得骄纵、柔弱
它诚实地接受着极不诚实的吹嘘
它孤独地争取着绝不孤独的位置
换上无数张表情后，沾沾自喜

直到反复改写的温度，抽空真空玻璃外的贪念

预告本来的变数，磨平、钝化
和曲线救国的剧情，同时反转
春分的多变性随时都可能挤出琼瑶剧少女
总是用回收的心态过度践踏远方的少年
他用经验总结的对错就是他犯下的最大的错

2022.3.21

四〇四医院

彩钢棚上，雨水在叫喊
把低沉的红砖压到谷底
在摇晃的连接口
呈上被时间淘汰的证据
病原体和白炽灯光
无孔不入，填充所有的裂隙
楼道串联的疑难杂症
螺旋而上，她的啼哭声
按流程被分门别类
以至于偶尔失去辨识度
像二十世纪八十年代的标语一样

积忧成疾的洗手池边
放下身段，四楼以下
车水马龙是蜃景
拦腰截断的黄葛树
收集着人类的疾苦
深夜两点的留置针
找不到方向，多次
在婴儿的身体里
寻找母亲的泪水

2022.5.20

消失的绿道

凌乱错落的黄桷树
接受烈日的审判
五月走到它的终点
似乎它的来和去
如同江水一样，不可逆转
不能顺势而为

在它还年轻力壮时
不能承受之痛
是骨头的变异，导致
没有方向的骨质疏松
本来的颜色错了称呼

绿化带抽出的血管
淤塞，失去黄昏和清晨
没有一种留念
重复利用的被子植物
废弃的站台，等不到
白细胞一样的人群

松散的年轮上住着蒲公英
目送这道背影
我失去的何止是滨河北路

我无法预测的人生
总是在变道
打上补丁的柏油路
成为逐渐遗忘的风景

2022.5.28

月光下的乡村

想起月光，就想起那口老井
甘冽是一种无形的穿透力
把亲情涂写在，叶子的背面
胃肠道吸收着不断丰富的经历
能够消化的，都已经消化
却忘不了，炊烟和羊肠小路

它们，成为梦中最唯美的元素
成为现实最美味的抄手馅
把一种味觉，藏在童年的橱柜里
和吊灯区分开来，那么明亮
那么让人忍不住想亲吻
这来自北方的风
这吹进每一个人疼痛之处的风

慢慢地破解了思念的线索
循着它的圆缺，母亲的咳嗽声
成为最难释怀的病症
而烟圈里，那个并不柔情的男人
也一定会摆上一杯小酒
来消遣，眼前这一片金黄色的世界

2014.8.24

王家大院

曾经活着的人藏在阴影里
闲话，老酒、桑麻、菜园子
门槛上了心锁，月光进不来
锥形胡须变白，像探针
装满尘埃，老井不被窥探
荒芜从瞳孔一直蔓延到阁楼
玉钗头、梳妆台，雨打过的芭蕉
总有一面干净的自己
转过身来，生旦净末丑
在一片屋檐下，唱念做打
白天的光是带毛刺的
把夜色下的石头，修圆
天井，有时间的附着力
走丢的，不过是醉后的第三人称
水可能是穿肠毒药
铁石心肠终将被打开
柏树林撕开一道口子
让泥沙俱下的俗事有机可乘
丢掉昨天，镂空的窗花
被失色的对联，揭开谜底
忘记迁徙路线，负重的马匹
青砖斑驳。换了姓氏的蕨类植物

2022.6.23

渔舟唱晚

西沉的阳光，通过左手的揉、拧
变得质感而真实。荻花轻摇
散落，江面上的帆影
被一种力量牵引，又慢慢聚拢
演绎成一种表现方式
印象画派的色彩，嵌入主观的成分
在写实的深处，你的所有——
手中的橹，和赶走的时间

突然激荡的清角音
又转至下属音，掀起万顷波涛
依次排列的五声音阶
被层次地推向沙滩，谈笑声
是附着的和弦，从波峰到波谷
道出了霞光中的秘密
正是压低船舷的喜悦

然后逐渐平缓，雁阵
刚好从你的头顶回旋
片片白帆，慢慢收拢
绵软、悠长，仿佛一口老酒
穿透了尘世的封泥

把一种醇香，撒满人间
正是你骨子里的闲情和惬意

2014.9.10

孤独的煽动性

放弃失眠的香樟树
天气预报的失误
人间和淑芬烧烤同时睡不着
突然就被分道扬镳
路不是一个人走出来的
走路的人也不是自己消失的
他们拼命地推杯换盏
拼命地证明存在感
在水滴石穿人心如镜子的沈家坝
在昏昏欲睡没有附着力的河堤
柳条不停地鞭笞着喝醉的人类
没有排列组合的组合排列着
没有目的性的目的很强
他感慨地从身体里抽出三言两语
令他上头的
侧漏的路灯光，藤蔓植物
他每天观望的三个雕塑
不可一世地观望着夜空
他每天路过的交叉路口
总是在半幅施工
孤独具有煽动性但没有火花

2022.7.21

在万达华府沙发上的夜晚

总以为夜风的贯穿从旗袍开始
曼妙惟肖，或以孤独没有寄生的理由
轮廓在塌陷，护栏外的车水马龙
像贴纸一样，把时间的脸皮拉薄
人生没有既有的厚度
就在暗淡的边缘，和紫叶李对峙
最敏感的神经被清风挑拨
塔吊无可取代的地位
对于彻夜难眠的人，诗歌是一种病
他们的嘲讽，应对自如
他们的无法理喻，最终原谅
如果一个命题始终有对和错
他宁愿放弃基围虾和鱼
砧板上任人宰割的目光交缠着
没有头绪多好，突然的暴风雨
经开区和消失的辅道
他走到哪里，都无法释怀丙辰年的月光
他拽在手里的羊蝎子
他在林语堂的叙述里走出来
又回到历史中。困顿的时光是不经意的
但阴影总会折叠一个人的悲伤

2022.7.22

月光下的风琴

踩着露珠行走，孤独是杯中下沉的鹰
被一语道破，草尖复制着风
情怀刹车之后，跑出一条恶犬
他和醉后的自己互相诋毁
他和醒来的自己面面相觑
不打扰午夜十二点惺忪的灯光
不畏惧窗沿走失的时间
石桥铺是忘记身份的观望者
水从侧面撩拨古老的记忆
这条被人遗忘的路已成安息之地
乌鸦救赎贪婪的麦地
人类看不惯的地方都在消失
消失的韵脚都无处可依
像逃逸的葡萄藤怀揣沉默
像卑微的巴茅独立清秋
手指的摩擦力粘住黑白键
脚踏板牵引的旋律滚落一地
月光会烫伤他们卑微的影子
他们最后都活成了自己都说不清的人
他们没有交出诗篇和光环
他们背对的墙体逐渐坍塌
低头时，只有跳动的音符

2022.8.11

写诗的铣工

一直怀疑这是个错别字
却挑不出任何毛病
但绝不敢以诗人的身份自居
铁和铁擦出火花
把山谷削去，河流削去
这件无坚不摧的生存工具
很伤手，滚烫

我没有谈诗论道
没有更多的时间
考虑茶叶降落的方式
在午夜的机加工车间
铣工也只是很小的一部分
就像行走在大地上的诗人

我很想把见到的一切
都重新雕刻出来
如果不生锈，也不存在伤疤
我一定会用丝巾，包裹
那双曾经拿过锄头的手

2014.12.30

二〇二二年的银杏树

脱下淡黄的裙子
为了光着膀子，凉快一些
她并不在乎发电机的高分贝
礼义廉耻，环保政策
上火的丘陵像妖怪的嘴
吸干狗尾草的精气
她的生理周期也因此改变
对干涸见底的河流
棉花糖一样的云，颇有微词
但她最终只是普通人

肩带滑落一点，肉身
便清晰可见。怀揣啤酒肚的人
不怀好意，轻易改变
一棵树的命运
她多想，和脚下的地砖
度过一个春秋
她多想，再看一次红嘴鸥
她会在冬天换上下一个景点
成为帮凶的花瓶和招牌

她被允许参观生灵
杜绝一切言语

她是故事的主角
也是广场上穷途末路的人生
她允许山火肆意妄为
她授权拆掉烂尾楼
每掉下一片叶子
仿佛就是凋零的一生

2022.8.26

井盖上的猫

也许——
就待在它的天圆地方
才能安静下来
秋色悄无声息地渗透
紫荆花还是开得如此艳丽
哪怕高温过后的盆地
草和树也开始凋零

忘记猫的本性、技能
蓝色屋顶下
车床、冲床、磨床、锯床……
热火朝天的大合唱
戴帽子的工人
流水线的螺丝钉
只有他们的世界和思想

打盹，晒太阳
涣散的目光无法聚焦
天边游离的云
它应该被搂在怀里
它应该和老鼠玩游戏
现在，它对自己和未来
语焉不详

2022.9.1

没有开花的夜来香

背负话题是一种冷落
剜去十月第二天的痛点
打上马赛克，窗外
很快被两种颜色区分
也就只有两种颜色
有尊严和自由。铁脚海棠
才有更多的关注度
因为过度修剪
日子被茶碱提醒
反复折叠，换了几茬
叶子背负过多的流言
突然就到了，不可收拾的地步
板结，养分丢失
密不透风的空气
一不小心就错过的节气
只有偶然，趴在夜的肩膀上
他才把迁徙的路线
和自己说清楚

2022.10.2

色　差

不应该回想，迷雾只有拨开
似乎来不及是一种理由
但三千六百秒只有几次推进
才戏剧性地跑出一只困兽
每一个人都在和虚伪斗争
一次体验逃不出
披上灯光的幻象
手指和手指的摩擦会开花
温度是燃烧一切的开始
但开始就注定了结局
一扇门里走出的惊喜
会让影子把夜色划破
不得不面临撤退
事实远比真相更让人好奇
呼吸拖住舌尖
破碎的台词具备挑逗性
按照这个次序
分辨不出两具肉体
互换的灵魂依然有色差

2022.10.15

秋天的第一抹颜色

黄纱巾搭在清晨的锁骨上。落叶
已经落下了，比像素多一点分寸
懂规矩的孩子被规矩束缚，因为
反复的忧伤是可以被区分的，如
卖油条的大爷早已熟练那个动作
没有任何一种比喻把寒号鸟说清
孤独就像一种传染病，异军突起
找不到源头，却扰乱窗外的秩序
寒号鸟变异成屏幕上七寸的话题
我还没有弄清白果体内的氰化物
就被电磁波叫醒，驱赶至拥堵的
路口，凋零不是万物最终的归属
但我们是清晨遗忘的孤独的种子
没有寄托、没有庇护，一路裸奔
直至碾碎，成为污点证人。秋风
站在枝头上自鸣得意，倒下去了
还不安分，精准地说出他的秘密
背后的荒凉是再也无法医治心病

2022.11.20

湿地公园

草地拖住脚步，光和风车
一群人像一枚枚按钮，启动崭新的
水，云朵，和野鸭子游过的
下午时光，贴在自行车轮胎上
具备了置换属性，但依然不敢彻底放开
如同倒影一样只有局部被折叠

在驼峰一样的拉杆桥上，风景在流动
孩子的盘盘帽，在一高一低的起伏里
奔向成长的路。他们热衷竹蜻蜓
游乐场，飞入云霄的风筝
昨日的阴霾不曾入侵他们稚嫩的脸庞

草地释放着人类，以绵软之态
托起温馨的熟睡，煮茶的人
敞开心扉的时间并不多
他们的世界被表象欺骗，摸不清对手的底牌
他们只是不想输掉手里的甘蔗
以及广告牌树立起来的偌大谎言
现在只需要置身事外
并不需要畏惧木杖和盘绕的蛇

深不可测的水，就在眼前被征服

枯池清澈，如同恋人的目光
不需要护栏，和自然如此亲近
不需要入场券和准入资格
不用思考，就可以享受阳光

2023.1.2

穿过身体里的黑

阶梯性上升，还是无法摆脱引力
感动的夜色，不会清静
辨识度不高，但性别依然存在
关上灯，反光的屋顶感到自卑
这偌大的窗帘就像面具
容易被遗忘的号码，筛选不出熟悉的背影
浅尝辄止，这些令人过敏的花粉
和精油的摩擦，令人神往和孤独

也许模拟本身会令人上瘾
无法驾驭，又害怕短暂的时间
挤出来，湿润了睫毛膏、唇彩
这片刻的交易，是一种诱惑
在遇见烟灰缸前，他始终保持这个动作
始终以另一种身份看见自己在犯罪

在木地板磨损的位置，拖鞋未干
凌乱的日子还是会跌倒
害怕说出秘密的人，贪念春色
成为罪魁祸首，在阴影里放大自己
尚未抵达却很快走到尽头
这场穿越始于对生存的渴望

而非躲在角落里，被一只猫嫌弃
岩板有足够的耐力，被夜色反复压迫
有一种可以举起自己的力量
无法和自己和解。墙面上的曲线在收缩
长发涂在每一个动作里
遮挡了男人的肾上腺素
穿过夜色，只能找到人类的阴影

2023.3.7

百花乐园

风在识别，银合欢、西府海棠
落下的光填满水平面。迂回的山路
只有走到世人看不到的地方
花的开放才成立，流失的日子不少
转过去的背影只能被像素记住
在模糊化的边缘。绣上金边的日子
令人感叹，一摸到黄花风铃木
故乡便在一个遥远的地方变成炊烟

虞美人先声夺人，招摇
又不屑与红粉佳人樱为伍
低入尘埃并不会好受
即便记住一句宋词，也只能排列左右
似乎守住内心的波澜不惊
就一定能够获取，天气的青睐

无缘无故才让人放下芥蒂
在不被眷顾的日子里
守住色彩、高度，滑过草尖的风声
有坡度的路才是归宿
从水里捞出的好奇心
用浮力，和黄土对峙

有过热闹，也一样有落寞
哪怕堆叠得毫无次序
已经为故事画上完美的句号
落花还是不甘心
用枝头上枯槁的容颜
回味被所有目光仰望的时刻

2023.4.1

仙人路一段

什么都没变。黄色瓷砖，小摊与路的位置
一大早，烤串就被呈上来，与“啊呀呀”半间门面
对峙。生活的影子，被微风扇吹歪
佯睡才是梧桐树的情绪。保安没有识别
我的十五年，为素不相识的落叶放行
老桉树忘记那道伤口，观望着宿舍楼
空调外机上丢弃的毛巾，像随意丢下的日子

当初每天都要走的一段路，被四十六路车
推到旱冰场的入口。二楼的网吧
换成商务宾馆，什么都变了。山药薄片
突然被忽略才是人类所不甘心的
以为是一道闪电，被监控摄像头饶恕的补鞋匠
白发苍苍。挑起事端的大扫帚斜倚墙角

误入馄饨店，无法被结算的日子
还在怀念过桥米线串联的味道
人生的第一支烟还在燃烧，只是加注了
枇杷味。樟树还是那棵樟树
遇见的早已不是那个人。丢完垃圾
滞留的三秒，似乎是整个青春

2023.7.1

第五卷　雨的二十四节气

立　春

岁月的探针打下去，深浅可以被测量
误入调色板的工蜂，斑点、条纹
未上色的轮廓像柳条一样无法被捋直
风过的时候为时不晚
过了石桥铺，就再也没有界限
故乡，以前也是这个样子
只是没有烟囱、混凝土和三角梅

被依次排列，每一种组合
都撩人心弦，经验和突发奇想
不被牵系的头颅低到草丛中
不被打扰的屋顶住着孤独的魂灵
我不喜欢肉体上复活的春天
毫无头绪的风，胡乱裁剪
衣袖因为磨损，早已不知道籍贯

被降解、稀释，智商下沉
因为欠费而失联的情绪
无法连接到边堆山的一片云
写下天空、月亮和星辰
就露出漂白的夜晚。事物在隐喻之下
却悬浮在眉弯上，被露水压低

这个精密的机器在提取数据
除了沙砾，声音比事实可怕
你所预感的必然将要发生
只是时间问题
困扰源于物理，没有苹果
我们可以凭借其他途径
获取这些相互的力。彼此吸引

2017.2.13

雨　水

成为它的鼓面并不尴尬
蓝色顶棚，法国梧桐点点的红
被稀疏，像错觉中的年龄一样
屋檐下含血的蝙蝠
投来冰冷的目光，蚕食
这具慵懒的肉体
白色石料的茶几，果盘
透明的玻璃杯，盛放在里面
没有什么不好。这些日子
早已困在混凝土和红绿灯之间
星期天，植树节，多肉植物……

仅有的一点想法，却拘泥于
新设的电话铃声、锥形的吊灯
不锈钢漏瓢、敞口玻璃杯
逐一被点检的物件
散落在几十平方米的空间
我会因为找不到自己而发呆
我会看得具体而黯然神伤

我仅仅躺在这些伤口上
不断地敲打键盘
就像透过门缝，看见走失的鞋跟

在朋友圈连点赞的勇气都没有
窥探者往往不敢觊觎
复制着这部分的记忆
捋直柳条，这细碎的绿

2017.3.12

惊　蛰

蛰虫未被惊醒
灰暗的眼神延伸到山尖
把油菜嵌入丘陵深处
远方才是飞鸟的尽头
窗内的影子才是自己的

不断拉长
黑暗才是这条鞭子
姗姗来迟的春雷
不以刻意的方式
刻意地改变着生灵的习惯

我们是两粒对立的尘埃
加速度和灯光的碰撞
改变雨水倾斜的角度
过剩的空气
让不合时宜的橡树，窒息

这个时间还传来
车水马龙的声音，窗外
是一个密不透风的塑料袋
尽管他的诉说无人倾听
没头没脑的人们

遮蔽不了局部的光芒

他陷入自己的言辞
我几乎相信了
春天可能会发生太多的事情

2020.3.5

春　分

镜面天花板像照妖镜
筛选纠缠的肉体，无力加持
一个诗人的坐标值
标注得如此清晰
像孤岛，摆渡各种失眠借口
计价表里匆忙的夜色贴在窗户上
偶尔被揭开，伤疤是灵魂的创可贴
“宽窄”（烟名）计量着食指的关节
重点不在年龄有下坠感
适当成瘾并不能解决困扰

暗下来的灯光，显摆着
尚未干透的拖鞋
和木地板碰瓷，源于思考
人类的命运不需要救世主
苦行僧太多又稍显失态

在桃花尚未盛开前
放弃对油菜地的穷追猛打
塔吊孤立无援，依次闪烁
垂直于午夜十二点的远方
该发生的依旧在发生
打翻的颜料在阴影里

尚需时间和精准定位
孤独比指纹还要粗糙

2022.3.20

清　明

和铁脚海棠打声招呼
风和孤独视而不见
敲门的人再也不会回来了
只容得下视线的窗外
快要下雨，和很多不确定因素
被乌云混淆。很多事
只能叫作很多事
密密麻麻的叶子
把光修饰成光的现状

窃听的动作很拘谨
柚子树逗留在后花园
爱上玛格丽特
我和下午隔着一杯绿茶
对预报的天气有些失望
除了不写诗
能做的事情很多
但什么都没有做

巴掌大小的天空
容不下正方形的屋顶
拘谨，陌生的第三天
使出浑身解数

才把花瓣抖落下来
保持一株植物的样子
这些日子和植物一样

2023.4.9

谷　雨

接触便是伤痕，真空玻璃
隔离清晨、鸟鸣，无休止的忙碌
天空等比例输出的阴郁
被屋顶划破。只有一寸的落差
便永远是隔阂，比碎花裙还窄
只身前往的分贝数
超负荷地使用着我们的耳朵

删除有地名的热点事件
他们说出了列队的时间
他们是左右香樟树和规则的人
换一种颜色，孤独不成行
比信手拈来还要散乱一些
你尚未察觉——
突然又绿了的银杏树
和又在拦路维修的石桥铺

嘴巴用来说话
轮胎和地面摩擦生火
小心翼翼的人
过度揣测天气。蒲公英
窥探真实的阳光
不留下只言片语

阴影无限放大

活在碎片里的人不会思考太多

2022.4.20

立　夏

吐出倒刺，尾巴还留在身体里
进化论藏在一片叶子背后。因为飘忽的雨
你一度以为根须比神经敏感一些
榕树在冰与火、上与下之间，沉默着
一触即发的是手心的河流
你给不了自己一片流域，也无须惦念
比巢穴还温暖的语言

违禁的栅栏。你手里拽着
矿泉水，麦克风，人们的贪婪
路过月季，搁浅的船只，跌倒的孩子
在被格式化编排后，动容不再从容
反倒是水里折断的阳光
比余生冗长，却又是一个短暂的午后
从别人的美梦中醒来，是不是吓坏了自己

所以片刻的微凉是允许的
鱼儿是水的阴影，现实就摆在那里
你只有欺骗了自己，才获得众生的原谅
虚掩的，酒吧的门从来没有如此寂寞
但俗世的浪花，总是夹带着色彩
你以为梅花落下的南山云淡风轻
大家都在追逐一种现象，而非事实和真理

2021.5.8

小　满

吐出来，夏天是垂直的
分度随机，无法强制
有一种压力不把雨水
从凌晨三点驱赶到夜晚
仁慈便没有着地的理由
碰碎的路灯光，和尾气毫无关系
发霉的夏天没有毒素
那张嘴巴一直在吞噬
像黑洞游离，没有附着力
卷起幕布就要走向结局
真理不能逾越
象征性的口号洞穿耳朵
不断地敲打，这些人的失眠
不会疑问叶子的承受能力
奔跑的蜗牛被复制
时间不具备稳定性
小到中雨，大面积的失真
藏不住滨河北路的一棵香樟树
这份犀利是刀伤，兵不血刃
但只有自己这个包袱，还是包袱

2020.5.20

芒种

绿色的按键被丘陵打开
一百头牛泅渡而来，口舌之争
不是正确的解锁方式
以陌生人的身份被熟知是一种悲哀
一个离家太久的人
终于忘记了家的味道
它好似分界线，阴影和阴影相似
似乎找到一个落脚点
人类才能显摆五谷丰登
手得到正面的回答
却有不安分的嫌疑
如芒在背，真话伤人
名字的存活时间是困扰
天井上做旧的月光
从来没有普度的力量
认识一棵树，你会感到幸运
满地奔跑的风声
他们会给你交代
沉默才是活着的证据

2022.6.6

夏 至

钢筋条拍打凌晨三点的窗台
压缩机出卖红色的信号灯
没有坡度，需要的时间更长
因为太高，有眩晕的难言之隐
放弃勾股定理，罐车
从交叉感染的工地出逃
高分贝打扰汗流浃背的身体
经开区某个时刻的躁动
比躺下来的河流，更加不安

摄氏温度被窗帘上的风撩拨
而立之年后被各种说话方式困扰
有时候的天真视而不见
大多数人无法选择回避
酝酿太久，暴雨反而失去底气
只能在天边拉下脸色
如同一个躲在角落抱怨的诗人

他很清楚，即将失去什么
时间的车轮没有附着力
意外醒来只是意外醒来
和盘点过的杯子没有关系
餐桌是童年巨大的阴影

现在是三十楼以下的经开区
没有人为这个城市按下急停键
也没有人承包他的忧伤

2022.6.21

小　暑

风扇怼死半关的窗户
终止翅膀、瓷砖上的 PVC 管
撩拨它红色的花蕊
一夜的脾气并没有消退
拉下来的脸，压断树枝
才放松对鸟类的追捕
天空不以改变的身份
改变着眼前的一切
打上粉底，在半透明的玻璃上
清晨将从这里升起来
在他挥汗如雨的脸颊和后背上
滑倒，就像不曾发生的位移
始终被日光校正着
折叠这些发烫的影子

2020.7.4

大　暑

清晨的风、雨是对伏天的不尊重
重磅消息有时候是一种摧残
菜刀为蒜发愁
F1 赛车手马失前蹄
…………
你感叹于气温的波峰波谷
随时都会把你拉入漩涡
你逃避晚餐，在夕阳面前倒数一二三
皲裂的树皮
每天切换着不同的表情
躲进压缩机的分贝里
人间的声音还是很大
让人心寒的不只是消失的周五
你支付青春的额度
不过是别人口中的凡尔赛
相对于阳光的单刀直入
你喜欢在云端
你喜欢在香樟树下
你是最后一个看见自己的人

2022.7.23

立　秋

放弃一种色彩，但意外还是以突兀的方式
摸到一条河流的本质。不排除警示
落下来比走出去更让人不安，肺部的瘾
在烈日下烧焦，好似没有归宿的叶子
我们都被各种担心左右着，坐不下来
站起来也是卑躬屈膝。诗人犯着说话的罪
滨河北路已经没有绿道
被拆卸掉的不只是一种情怀
浮躁不安的空气里，荨麻疹到处寻找着
没有抵抗力的身体。我会为疏忽而不安
我会在角落里躲起来抽烟
它的凌晨十二点还是热气腾腾
它的晚安是无孔不入的蝉声
桌布和多余的记忆现在是铺开的
叫出紫荆花的名字，也不见得真正认识了
这个随时都可能按下静音的小区
成长的空间居然如此狭小
以至于只能清除父辈的记忆
在青花椒水消毒后的垫子上
明天是一只不确定躺着或倒下的玩具

2022.8.7

处　暑

截肢的三角梅奄奄一息
大多数人的生存环境是随机的
酷暑才消停，洪涝就悬在头顶
真空玻璃渗水处，杂草钻了空子
比起超过三楼的苦楝树
时间不值一提。这条线索
随时都可能超越你的想象
找到绝缘的真相

小沙弥坐在富贵竹上
成为庸俗的摆件
玛格丽特和陶瓷相安无事
我对空间和布局都过分在意
不允许裂纹从现实逃逸
不规则摆放，不服从安排
孤独，是坐落的纪念碑

一直没有改变便是固执
滩涂纵容漫无目的巴茅
孩子的手里有他们年轻的证据
这个坡度适合孕妇
从夕阳的微光中，走出来
但诗人的阴影越来越大

2022.8.27

白　露

芦花拽着河流奔跑
把村庄和果园丢在身后
别在腰间的风，切开山和山的豁口
丘陵无处不在的星光
只有极小的破碎并不是完美
她手里依然献出玫瑰

在和话题同时降温的时刻
人类和今晚的自己
都不会关注远方的栾树
夹道而来的小黄花
填补喘息的断裂带
石桥铺安静得令人窒息
所有的背影也一样安静

我念着古老的诗句
我和古老的诗句一起长眠

2022.9.6

秋　分

从皮肉上，割舍一行大雁
炎症迟早会波及
山脉、城市，秋风下的村庄
失孤于消失的河流

越是深刻，从容就越虚伪
塔尖掩饰不了的冷清
在远处放大，又在后视镜里
缩小。经历以尾随的方式
追逐绝不遮掩的啤酒杯
但背弃不是顺从和安排

从疲惫的萨克斯吹出
他的晚年，和帽子

时间的痕迹有波峰、波谷
无法滤除的紫色的蔷薇
向心力绕道，二环路指向夜晚
感同身受的月光
以及无法晒干的阴影

2019.9.24

寒　露

颧骨和身材露出来
舌苔被封存，似笑非笑
能够掩饰不多的
这个季节无法辩解的误会
相对即将枯萎的藤蔓
这条永远无法流入内心的河流
和走不到头的滨河北路
西段、石桥铺大桥
远光灯吐出的蛇信

黄葛树，和水泥的森林
后视镜里只有一片
不被了解的芦苇
像后脑勺，疯长的头发

2016.10.13

霜　降

混浊、孤独，没有交集
两片叶子随遇而安
冷却了沉默的时间
它们从一个方向会车
出现在不一样的清晨
和不同颜色、大小的菊花
保持距离。等待被稀释
远处的山尖，和脚下的泥

位移和速度保持关系
倒置的钢化杯
换一个场景，和嘴唇、昨天
被红绿灯分流
在追光逐鹿中
像传染病一样蔓延
雨水不能赴约

一部拖沓的泡沫剧
不合理却合理地发生着
你清楚的不可能
却可能如期而至
像婴儿扑倒在你怀里
你会莫名地接纳这个人间

2021.10.21

立 冬

黑白键把琴声逼到墙角
昨天就被折叠。窗外的雨
淅淅沥沥，欲言又止
不锈钢护栏，锁住目光
被树黝黑的影子挡住
吐出呼吸，日子是真实的
比蓝色的桌布还低

比传言肃杀。屋顶少了脚印
但还是被一只猫惦记
他们总是用怪异的想法
欺骗自己。只有
在哑口无言的时刻
拉高衣领，似帘幕后的引诱

光是游离的手，攫住霓虹
碎了一地。每一片相似的叶子
都藏着一段经历，被打败的
却是肉体。它们感到孤独时
被影子如实记录着
它们不曾翻越，门槛石
和虎口上的伤疤

2021.11.4

小　雪

临时架设的翅膀，在镜面的河床上沦陷
无法自拔、顾影自怜的叶子，淬火后的表情
是僵硬的，害怕和离开是两个侧面
冷风中游刃有余的，大部分孤独
只有少数的漏孔错失了枝头的魔力
二十四分之一的原谅，注入了孤独的属性
虽然橙色的吊臂，还在不断叩问
土地上的迷雾和尘埃。村庄和果园
不复存在的，又何止是屋檐
这股侧向应力，没有发源地
突破金属和烧结件，蓝色的屋顶
叶轮拉扯的喊声，铺了一地
填满沥青和碎石的空隙。一生不过如此
转念间就可能消失。同时踏入河流的人
迷失于它的空旷、遥远和孤独

2020.11.22

大　雪

在红透的橘子上奔跑
比遥远多一点，但经历还是痛苦的
唤不醒没有炊烟的屋顶

危机转移到城市以后，坍塌的月光
还是照进现实，表情具有欺骗性
谁都不会相信冗长的言语
年轮会让一棵树低头
也会让脱离田野的孩子感到迷茫

大面积撤退，霜冻的长驱直入
把诗人赶到角落，左冲右突无济于事
上下求索不过荒废了眼前的风景
干草堆雕塑的前世，混淆意识流

今生错过的尘埃，会给尘埃道歉
他们和理不清的弱电线缆没有头绪
线索抛弃风的纠缠，放大车水马龙

他分明感到孤独，蜷缩在大衣里
欲望把甘蔗榨得粉身碎骨
又在一个陌生的地方，拼凑成自己的影子

2016.12.6

冬 至

除了柚子树，万物将坦然相见
丘陵是个偌大的二维码
潜藏着若干信息，人间烟火
熬过冬天、病毒和流量
看似有序的长虹大道
像断了线的佛珠，施工现场
在后视镜里是一道算术题
在挡风玻璃前又是一个不眠之夜
一刀切的绿化带有作弊的嫌疑
这些拔不掉的滴管
在血管里，抽走希望
做梦并不是一件好事
醒来后还是两手空空

2022.12.2

小　寒

失忆的尘埃浮起来
柑橘树、青杠，光
在它们之间是独立的
遇到坍塌的颜色
就开始撤退，像
某一条下岗的小路

扦插在记忆的平面上
疯狂生长的痕迹
被压低。故乡
从名词变成荒郊
只用了一个人的青春

打上马赛克，万物
低头，草和二环路
在雨刮器上相交
没有逃逸，肇事者
像移动的铆点

没有摩擦力，日子
完整，但局部褪色
“霰”和真理
同时落地，也不搭边

2021.1.12

大　寒

瞳孔里，云朵、蓝天都还活着
炊烟不经过它们，市场陷入尘埃
排气管和吆喝使用着同一个分贝
下午一点半的困像一张网
头颅是下垂的招牌，柏油味在上升
杀戮没有价格，闲置的绞肉机
成为羽绒服的障碍。人群中
牵扯和阻止，同时发生

屋顶的藤蔓，处于屈服点
但没有被风寒扯断
时间的应力侵扰青丝
也没有在丘陵留下划痕
哪怕半点裂纹，这棵树
都没有放弃一片叶子

即便色彩偏暗，没有顾虑
反而更加一致。后视镜
拉长了一倍的距离
食物链没有缩短。三角形彩旗
预设了节日，他们的嘴巴
吐出秩序和甘蔗渣

2021.1.18

第六卷　故乡的月圆不是随机的

春天的村庄

为一只细蝶的漫步，在流光和溢彩结合以前
春天的序章慢慢拉开，把韵脚紧紧贴在
生活洗涤以后，明净的天空里

那片流云，飘过村庄，在牛羊的背上
托起一个孩子的眷念，那是老牛踏在夕阳的霞光里
慢慢倒退的，我的童年

梦想升起的地方，太阳渗透到肌肤
五谷的颜色，慢慢回归本性
让一棵树，身姿绰约

2011.2.10

小　镇

小镇
是我手中抖落的烟灰
被遗忘，然后
记起，相思燃尽

小镇从不言语，除了
把门户开在
向晚的冬季

小镇也从不计较
一个过客，在风中斜行
如候鸟，南北迁徙

2012.7.2

我是一座村庄的开始

从这里认识，一草一木，月光和星辰
雨水滑落，茅屋积水的那一夜
冬天最后的记忆。在一九八六年的瓦片下
我认识了，父亲和母亲，还有姐姐
和一只清晨的鸟儿，咿呀学语
百无聊赖地，只得和自己的影子捉迷藏
我找不到，那粒落入裂隙里的油菜籽
在一个尚未计数的三月，悄悄发芽
和塔尖的竹笋，听风的对话
嫩白的心思，开出了两三朵梨花
它们和一九九三年的雪花
没有什么不同，洁白无瑕
帆布书包的后面，一头老牛走入黄昏
夏天的夜晚，槐花香里藏着多少新旧的故事
都被大碗茶过滤，然后吐出
一丝烟圈。爷爷一直都是沉默不语
也是从这里，开始认识
小镇原来比我想象的还要大
还有歪歪斜斜的笔记上
那个藏着的，梦想

2013.4.2

咳嗽的母亲

最怕听见，你咳得上气不接下气——
一九八六年的瓦片下，这些毫无节律的音符
将你多少个难产的夜晚，把儿子藏在肺腑之中
我是你的一块心病啊，在千里之外的月光下
伴随着父亲手指上的烟熏，你一辈子的希望都交给了
这两个男人：他们其中的一个胡须和头发花白
正在慢慢老去，另一个也漂泊在天涯之外
成为你内心，无法抹去的海市蜃楼

那不是中国女人娇嗔的遗传病
也不是你在争取时光的宽容
煤油灯光昏黄，偷渡了你的青春妙龄
白炽灯花白了你五月水一样清澈的瞳孔
你在赋予我生命的时候
失去了一个女人的线条
又在每一天必须穿过的丘陵里
磨钝了，希冀和激情

现在不得不承认，你的多病
全都是来源于儿子，焦躁和担心
你每一天的线索
穿插在土地和思念之间

纳成厚厚的千层底，我的脚
凭借着你的期盼，走得那般刚健

2013.3.28

杯口，被偷走的月光

我很想问一下，现在安好
夜晚降临，村庄是悄然而静谧的
马匹在马匹和山的脊背走失
昨天像丛林里唯一的暗影
河流的干涸，在诗人出走以后
经年累月的风，声声入耳
我盘腿而坐的地方
高粱和幸福，高高在上
两个失眠的人，也许你们并不是为今夜
也许只是隔着一株槐树而已
一把剪刀，还握在母亲的手上
裂帛之声把午夜悄然拉长
我很想在隔着色彩的世界里
吟诗。却不得不放下一支笔
我很想问一下，月光
从杯底的平静到杯口
人类的距离，是不是今夜一样冗长
杯子里，被悄悄偷走的月光
它没有拒绝，也不用承担
这是个不用拒绝也不用承担的季节
仿佛所有的花，都已经凋零

2013.5.4

乡村印象

飞鸟筛选着早已模糊的印象，五月的故乡
一些逐渐丰富的事物，拼接我的童年
山和山之间，只有一种思维的跨度
是炊烟无法临摹的。一朵橘子花的盛开
和一杯老酒，父亲的月光是生动的
在一九八六年的瓦片下，我有了唯一的名和姓

第一次爬上残破的土墙，我看到的世界
是一口石磨盘，日子汩汩流出
在雪白的乳浆养育的肠胃里，我努力地去发现
一群走入五线谱的蝌蚪，水面被风和日丽抚平
小路像出嫁的姑娘，遍插野花
列队的蚂蚁走过，只有村庄给了它们诗意

竹尖上的晚风，摩挲着人间的宁静
母亲在油灯下的夜晚，密织着一场春雨
树上洗得发亮的绿。我身体里逃不开的血性
沿着高高低低、起起伏伏的山峦，铺开
陈列出大大小小的粮仓

当老牛走入黄昏的垭口
门槛上一明一灭的旱烟，是记忆的锚点
闪烁在油灯下。夜晚的漆黑

和爷爷挂在风口白色头巾，形成鲜明的对比
他魂归故乡的时候再也不会迷路
他活在一把锄头、一把犁头的梦里

2013.5.22

故乡的月圆不是随机的

没有为老井取一个名字
否则，月光也不会偷渡
午夜十二点的绵阳
难以入眠的声音
微妙，细碎
母亲亲手缝制的花布
有一朵是红艳艳的

他们年复一年
坐在没有盖的井口
就着老陈醋。时光酥软
秋虫并不善解人意
或者，我看到的绝不偶然

屈指可数的十八个夏天
是递进的函数
一直排列到村口
放养的时光，白纸黑字
一笔一笔地记在
老屋斑驳的墙上

没有更多，话到嘴边
咽下一口薄荷茶

然后看到月圆
他们很想做的一件事
就是数一数这是第几个
不是随机的，中秋

2014.6.9

窗台上的美人蕉

天黑以前，就把自己藏起来
无论从哪个方向走散
后来的人们，都没有相聚
或关于夜晚的一段抒情台词
或在冷风中，吼出对乡村的眷恋

我是一个离家出走的孩子
多年来，都在打探二十四节气
从父亲的口袋里偷来一颗种子
又在他乡埋下。炊烟袅袅
所有和心事相关的都会在春天发芽

我以为透过这里可以看见
世界，和脚下成长的路途
我以为一路上都可以不笑、不哭
但背后的事物纷落
冬天和远方一样孤独

这种对抗一直持续着
把瘦弱的身子骨掰断
没有哪一种生命力是无坚不摧的
而腹部的疾病，往往透过那层瓦片
黏附在水泥和空心的墙体里

我以为一路走下来
我不会和一棵香樟树持续恋爱
我以为面对的河水不再干涸
除非记忆和黝黑的烟囱
在内心某个疼痛的支点上合并

但我们都无可厚非地写诗
在割草机上幻想
没有技高一筹的演技
除非你始终没有换上
人类掩饰的表情，和冷漠

2016.1.8

错过二〇一六年的雪

——致父亲

通过转发的信息，感受到它的寒冷
红土地下发芽的迎春花，吐出蛇信子
我无法穿越到童年的某一个场景
站在父亲遮风挡雨的背影之后
当而立之年像窗台上枯萎的藤蔓一样纷乱
远处只有悄然袭来的风
和被新年洗礼过后依然陈旧的物什
不是一切都可以用勤劳换取的
但除了这些，异乡的街面已经堆满落叶

凡事都有例外。本以为匆忙的离去
可以逃避的并不能用心里的想法规避
我承认懦弱是一棵老之将死的梧桐树
很容易在诋毁和口水之间
夭折，午夜的想法被腾空的烟火击碎
在一个不曾下雪的城市
我的半壁江山都抵押在银行和日常的支出
为了掩饰的寂寞和虚荣

我试图通过寻找和离合器动力平衡的点位
在人生的坡道上，柳暗花明不过是一己之私
臆断是一层一捅就破的窗纸

摘下面具，对号入座。我无法保持强势
有些事物一旦放下来，就再也拾不起来
我很想用极细的笔尖画下老屋和佝偻的你
很想在多年未曾攀爬的山头上，呼喊
可是雪花掩盖着事实的真相

我依稀记得，那一长一短的咳嗽声
通过一九八六年的瓦片传递过来
三十年来，只有无数个心碎的夜晚藏在青砖的某个角落
却不见那一片雪花落在手背上，融化
还有卷边的大白菜，被推送到朋友圈
但朋友圈并没有你的身影
也没有扛着锄头，读不懂诗歌的你

2016.2.14

月 色

被时光的杯底染色，粹上一层茶色
你的清晨被一丝蝉鸣唤醒
从窗帘上发射过来，落进乳白色的豆浆
我的世界里没有更多的摆件
随着时间的推移，话题和问题
不分层次、组别，和
萨拉蒙的某一句诗，一语成谶

有些人身体富含大量的
酒精、茶碱、尼古丁，大话连篇
有些人试图寻找内心的上帝
从架子鼓上走下来
从口琴的音孔里找到一所房子

透明的玻璃很容易穿越
因为折射，走过你的而立之年
一些可怕的征兆，让绿萝泛白
脱掉每一天的伪装
我会无端地陷入一件琐事

只是，这些不干不湿的情绪
穿过弄堂，和滚过童年的铁环
谁折断了纸飞机的两翼
背起行囊，远方并没有天堂

2016.8.6

消失的龙洞沟

路不再是以前的路
挖掘机第一次到过以后
祖先们的土地就失传了
没有路的时候，龙洞沟
还是一个地名，有了路
它已从地图上消失
成为卿家沟的一部分

孩子们像蒲公英一样飞走
在一个不叫龙洞沟的地方
扎根。丘陵消失的沟
越来越多，风雨削低的坟头
青草一茬儿又一茬儿

在这些目光里
一切都会慢慢被抹去
他们的一生如此短暂
又漫长得像无边无尽的夏夜
星辰从他们的鼾声中落下去
总有一天，没有人再记得你

除了清晨的啄木鸟
销声匿迹的，黄麻和高粱

没有人再关心二十四节气
茕茕孑立的老屋
等待和月光一样，遥不可及
老人们还是相信——
人走的路不会长草

2020.5.18

月落三更

把孤独仰望成黎明
你会感到无辜，星河
头顶上旋转的事物很多
包括流言。有些压力
无形、无味，却能催动
爬行的长脚蜘蛛
穿过村庄，它的长青
深沉、厚重，和川东北
红色的土壤摸到草垛
细碎的咀嚼声，关押起来
月光会留下一线索
月光可以净化孩子的目光
也能把沉睡的墙
摁进扁平和突兀的丘陵
我离家出走那年
他们包着白色的头巾
现在住进，鼻梁一样的坟墓
我和霜花打招呼
他们或许能听见
或许还想念门槛石和锄头
十一月了
还没有一个完整的梦

2020.11.12

一棵树的自闭症

没有人经过是一件好事
安静地享受阳光，哪怕是让人哽咽的雾霾
站着本来很不容易
尤其是过度修剪以后，风吹起后脑勺的凉意
水面平坦，红嘴鸥滑翔的姿势
刚好与倾斜的目光，平行
小寒过后，再也没有谷底可以下沉
只需要等待一只蝴蝶的楔入

再多的人经过也无妨
看他们的喜怒哀乐，把年轮填满
依靠是一种治愈方式，副作用也很明显
每一天都会上演不一样的情景剧
每一个人都在扮演着不同的角色
看他匍匐长大，看他垂垂老矣
看她染过的头发、高领和黑丝袜
他们的名字会成为我的一部分

夜晚，黄昏，天晴，下雨……
无序排列的孤独会让自己患上自闭症
但沉默又何尝不是一种人生思考方式呢
紫色的泪水是有味道的
绿色的叶子，明媚如风

黄色的叶子，温柔如刀
只要内心的树还在那里
那里就有萨拉蒙的思考方式

2022.1.5

构树的第三人称

挖空，但心思不至于表露
叶子有毛刺，却不曾遇见卷边的秋天
童年一旦激活，就如同发条青蛙一样
很快就消失在田野里
忘记背篓和锄头的时光一去不返
稻草堆前奔跑的下午，被阴雨折叠
在丘陵深处，不用低头
山的另一边还是山。灰色的屋顶
麦地是啤酒瓶的碎片
或祖先蓝色中山服上的补丁
如此招摇，如此寒酸
它们和村庄，突然消失
又如此落寞，没有人去打扰
燕子的巢穴熬过了冬天
春天就会消失于一个屋檐
“小土改大田，当年是退耕还林”
孩子们长大后就变了身份
一棵树长大了却无人问津
更不会有人记得治愈瘙痒的功效
他们带着质疑的目光
不断搜索，记忆中的第三人称
却再也喊不出，当年的乳名

2022.1.6

雨夜的龙洞沟

装下水。向下的叶子
和雷声存在落差
飞行的虫豸摔疼
这条变粗的直线
捆绑屋檐、泥土
从夏天偷渡，老柏树
记忆犹新。身高
和它们对峙
祖辈的鼾声越来越弱
我却无法入眠

灯光照进身体的衣柜
尼古丁和酒精
穿过纤维。人类
和它们在远方
碰撞。瓦片
和竹尖身体接触
有时候很疼
支气管上的遗传病

凸凹不平的年代
刮不下来，摆脱不了
重力。抬起自己的

尘埃，会埋葬自己
懒得进化的狗
和沉默不语的墙
我面对它们
只有自己的乳名

2021.6.21 初稿
2021.10.27 整理

伍玉雯房子

雨水擦亮那扇窗子
光从一个方向消失
从她凹陷的皱纹
和卷曲的发丝里
导入一条河流
孤独没有尽头
但秋天的确来得很迟

昨天消失得很快
转眼就过了限速标识
引人注意的，崩溃的青瓦
油坊布满蜘蛛网
尘埃和往事
互不干涉。两行电线
把它们拉得好远

直到房子和地名消失
万桑园，驮着自己这个包袱
消失在小种马的背影里
葡萄树架下少了一群人
和褪色的桃符

2021.10.27

外婆门前的桉树

从哪一年消失的
桥亭子村和那年的月光
从不规则的石头上滑下来
露珠，经不起引诱
点亮了记忆的屋顶
两把镰刀，一束高粱
苹果树上青涩的时光
转角处，刚好碰到它的影子

笔直，孤独
秋天无边无际的叶子
像唠叨不完的老话
装满竹编背篓
每一个负重的日子
它什么时候变得沉默
以至于夜色的入侵
刚好与檐角持平

栽树的人走了。镰刀生锈
没有人守候日落
没有人再喝一口老井水
裂纹深处，活成墓碑
好雨的时节，负手而立

只有目光交错的瞬间
唤醒了背井离乡的人

2021.10.27

麻楝树是她的乳名

是她少许粉脂模糊下
清晨早起的背影
念叨了好多次，无恙的牛羊
木栅栏或许太低
和桥亭子村到龙洞寺的距离一样
会给人错觉
会让人漫不经心地
守望日落日出

被延续的
只有一成不变的凹凸不平
丘陵的毛孔粗大
太阳色的脸是两面镜子
光不会干涉
遥远而空洞的回响

没有人思考过去
明天，被五毛钱的皇历
安排。麻楝树是她的
乳名。在记不住亲人的地方
提前入夜的屋顶
住着唱歌的竹尖
不被歌颂的麦地

塞满弯腰的祖祖辈辈
感叹越来越少
裹头巾消失的那一年
没有人记得
麻楝树是她的乳名

2022.2.10

门槛上翻不过去的坎

比流动性，它们还好趴在窗台上
在眉梢抹上交叉的惊雷
没有层次感或一道，命题极其虚伪
像看穿经历与谎言的二次函数

脚背上有时间的黏度
从未走出的村落阴转小雨
含糊一点，错认的姓氏会被质疑
帽檐不比山尖还高
丘陵是个优柔寡断的人
万桑园、龙洞沟、磨盘寨、尖山寺
一到花花沟，烟丝就从竹管里走失
成为门槛上翻不过去的坎

翠鸟是芦竹叉生的枝节
我们是夜晚遗忘的孩子
年代感里只有遗憾
没有一种沧桑可以比拟
在少了什么的孤独里
站起来，和香樟树拥抱

保持敬畏
这些遥远的樱桃保持着身价

在极不保鲜的时光里
从偷渡的眼神里，偷渡
在摄氏温度的波峰波谷里
像犹豫的候鸟

2022.4.20

一片下午走丢的乌云

为了遇见，或以另一种姿态
滑翔。能经过的事物不多
经历却昭然若揭
似乎一杯酒下肚，整个下午
就挂在长出电线杆的山头
蔓延开来，像野草的生长能力

总是以侧面化解
阴影，矛盾的语言
栾树交出的小黄花
和它保持最远的距离
小叶紫薇，孤芳自赏
有时候自言自语

失去家乡和果园
流过脚下的河流
时光的重量
以时光的身份加载落日
没有什么能放在心上
但都历历在目

2022.9.8

丘陵书

嘿，我也不知道你去了哪里
但孤独是交叉丛生的，比如
蚂蚁的间距切割着时光
丛林会迎来一场大暴雨，对于丘陵来说
人类是砂纸上的沙砾
心性和意志都会被磨平
门槛上的秋风在偷渡
竹林的青春会褪色
消失的河流将彻底消失

他，不被允许、不被放任
他，无法通过落日了解生灵的悲哀
只能和日复一日的摩擦力对话
把鞋底消失的证据藏在垭口
把草垛凸出的事实贴在眼角膜
他，只能背负不能放下
他，无法忘记竹尖和瓦片下的夜晚
只能在田埂上负手而立
紫色土壤里，生长和死亡的速度一样

老一辈真的老了
蓝色中山装，生病的柑橘树
核桃树住着跌落的阳光

桂花开了好几茬儿无人采摘
用青春兑换的屋顶爬满牵牛花
他们必须陷入路途的奔波里
必须在埋人的土地里
看着亲人躺进鼻梁一样的坟墓

2022.10.10

我害怕这道炊烟

涡轮声让人着急
下沉的菊花，浅显易懂
被一道铁栅栏封锁
牵牛花无法逃逸
未来，一个多远的名词
需要此刻的聒噪
落在一棵柑橘树上

人们都惧怕阴影
演讲的人声情并茂
听者无动于衷
越是需要鼓掌就越虚伪
穿过没有口号的泥巴路
疯狂生长的小青草
围追截堵，与童年
在橡胶复制的鸿沟里
永世不得翻身

父亲佝偻的背影
陷入深沉的丘陵
我害怕这道炊烟

2022.12.2

浅丘书

构树是独一无二的存在，在挑水的肩膀上
阴影和夜晚有关，轻车熟路的鸭子为儿歌而活
在红薯被切成立方体、半圆锥或无规则的形状时
瓦片上的炊烟再也站不稳脚跟。冬天来了
只有和冬天唇齿相依的柑橘树无动于衷
似乎只要守住祖辈们的自留地
草垛就会年复一年地拔地而起

父亲在一声叹息中扔掉烟头
这个从土地长出的男人
比从土里长出的梨子树矮了许多
他把只听自己招呼的老黄牛拴在核桃树上
童年干涸的核桃落下来，已经无人关注
早已荒芜的菜园子，被挖掘机吐出的黑烟笼罩
只差五百米的小康生活，应该很快就会修到门前

阴晴不定的日子，在竹尖临摹
把晚风吹捧得如此神秘
以至于头顶起飞的涡轮，都不敢接近
他并不懂这棵树的中药属性
除了能变成灶膛的火焰
还能成为挡住霜冻的栅栏

日子是在二十四节气里排列组合的积木
有时候会被天真的孙女推翻
凑齐一百个土鸡蛋，转眼又是一个月
他在计算孩子们的归期，下一次下雨
应该不用再爬到垭口的堰塘边
在枣树下的草丛里，把鞋子上的泥巴擦干净
他一直关心的小麦，几年前已经无法栽种
退耕还林了很多年，现在又要退林还耕
有些事件可以再重复
一去不复返的已经一去不返
当杂草顺理成章地长满了桑园
他只能在鼻梁一样的祖坟前，磕头
这片浅丘，没有比小蓬草还要虔诚的植物

2022.12.28

草　口

月光晒伤复活的阴影。没有一棵醒来的草
在大风点到为止、阳气无法渗透的
坡坡坎坎，总有一些传说是阴森的
总有太多人相信磨盘寨上盘踞过土匪
川东北万籁俱寂的夜色，风吹草才会动
人们相信镇压恶龙的山头和信念一样强大
咒语只能解了邪念，会在太阳下山前
绝不侵扰你的一亩三分地。青色的枣子树
躺下来的佛龛，是被庇荫的谎言
无冤无仇的日子也有脆弱的瞬间
土地里长出的身体，如果不还给土地就是执念
是一种说不清楚的怨气，同时也会长出野兽一样的獠牙
那些不曾亲眼所见，却一代一代传下来的金科玉律
必须要敬畏，宁可信其有、不可信其无
就像挖何首乌的时候，不得大声喧哗
丘陵深处，有太多是科学无法触摸到的角落
它们像茅草一样，总是无法根除
哪怕你手里的锄杆是可以给你安全感的
在死不瞑目的巧合里遇上风水之地
在无法自拔的恐惧里赶上月黑风高
几百年来，那是另一处信仰之力的变异
也是无法溯源，内心的一道影子

2022.12.28

未知之谜

起床的阴影比点燃的灯火还要暗淡
不排除煤油的味道污染了童年的灶台
丘陵只下了一场让我记忆深刻的大雪
以至于突然就记不起下午三点的苦楝树
它们的果浆如何能够让粗布粘连在笋壳上
而不至于影响我那时奔跑的速度
宿命和年轮捆绑在一起，认识构树
孤独打开一扇门，铁和石头发出原始的呻吟
在犄角旮旯里发霉，线索像地窖里睡着的红薯
一个年代的饥饿，有不可承受之重
却是童年唯一被记忆深刻的理由
在迷失方向的脱泥湾，道路鬼在午后漂浮
灯下的飞蛾，是残存的意念，还是偶然
这些被思考了一千遍的问题
并没有算术题一样明确的答案
当然，这一天又在荒芜和冰冷里继续
但童年的冷并不算太冷
童年的丘陵也才算真正的丘陵
时间以并列的方式，开方、求和
趴在勾股定律的弦上，拉开了未知距离

2022.12.30

腊　八

肉糜和众生皆苦。孤芳自赏
蜡梅穷其一生，依旧徘徊于
感叹号和问号之间。那年下午
没有下雪的端倪，冷风是蛮横的暴君
把偌大的草地玩弄于股掌
丘陵只有让人叹息的柑橘树
失去守候的人，它的生老病死
只是它的生老病死而已

炊烟折叠瓦片，孤独无孔不入
除了把老牛从垭口上牵走
让落日余晖扭曲，他曾经伟岸的背影
不断擦拭着人间烟火，瘦如黄荆条
父亲走了大半辈子的泥巴路
现在还是泥巴路

他以为，城里没有腊八粥
纠结了许久，终于拨通了电话

2022.12.31

父亲的每一条皱纹都是一条龙洞沟

一座山是一条曲线，在云雾深处相交
交点是垭口，山和山之间的间隙
是沟，龙洞沟、张家沟、花花沟……
龙洞沟是像苦楝树的树杈一样
发源于山，又在山的尽头消失
父亲每一天都会从垭口路过
和老黄牛保持平行。他们垂直于土地
像土地长出来的小麦、高粱、玉米

回到炊烟升起的地方
父亲每一天都在鸡毛蒜皮的事情里
计算二十四节气，庄稼的生长速度
小鸡孵出的时间
喂一头还是两头年猪
他挖了一辈子的一亩三分地
分布在龙洞的每一个角落

他的额头，贴满了皱纹
每一条皱纹都是一条龙洞沟
太阳从他的皱纹里爬起来
月光又在此沦陷
父亲在龙洞沟里进进出出
也沦陷在自己的皱纹里

2023.1.10

父亲这个端午可能吃不上粽子

以前能在稻田里留两行
长酒米的秧苗，高人一截
像父亲眼里的村干部
他总是相信，因为
让了一分土给一队修马路
才换了一口十多米深的
水井。他希望
门口的泥巴路打成混凝土
下雨前，不用半夜让我挪车
要是机耕道多修宽一尺……

还可以吃好几年的谷仓
已经没有一粒酒米
以前找不到粽叶，现在到处都是斑竹
母亲生病以后
他很少赶场，也不懂
在菜鸟驿站取包裹
这个端午，他不想吃粽子
吃多了不好消化
五花八门的粽子
也没有原来的那股清香

2023.6.1